当《とう》世《せい》具《ぐ》足症候群《ぐん》

安本達弥
YASUMOTO Tatsuya

文芸社

まえがき

「事実は小説よりも奇《き》なり」という諺《ことわざ》が有る。これは、当然過ぎる道理だ。小説内の登場人物や、出来事の数々は、言わば作者の分身となって役目を全《まっと》うする。少《すく》なくとも作者にとり、それらが思いがけない、あるいは奇異だったりする印象は有るまい。
考え抜かれたキャラクター……如何《いか》に「奇人」であっても、その行動や言動、考え方が作者の人柄と、どこかでつながっている。
片や、「歴史」が証《あか》す如《ごと》く、現実世界で起きる出来事、人々の営み、優劣等は、広い意味で誰の意図の反映《はんえい》でもない。確率《かくりつ》からして低い筈《はず》だった「予期せぬ」結果や展開が、至《いた》る所で見られる。

そうした所為《せい》か、我が国でも近代初期、己の身に実際起きた体験を軸として構成する「私小説」が、手法上、信任を得た。「拵《こしら》え事」からの脱皮を目指した態度は頷《うなず》ける。

しかし今、私に言わせれば世に最《もっと》も「奇なるもの」は、人それぞれの持つ「気《き》」である。己を取り巻く現実——日常の様々な物事に反応した「論理」や「心情」とも少し異なる。因果《いんが》関係はっきりせず、いや、全く唐突《とうとつ》に催《もよお》し、生活感覚そのものまで左右する或《あ》る種、自然現象としての「気」——。

「元気」にも「病気」にも、そして「陽気」にも「陰気」にも通じる大切な要素。心身両面を司《つかさど》る次元で発生する点が特徴《とくちょう》だ。

今回、まとまった形では初めて「詩集」を書いた。

「詩は音楽的な存在」との考え方に立つ私。

言語のリズムや音声《おんせい》面での色合いを表現する技《わざ》は、残念ながら未だ十分持ち合わせていない。

それより、現時点で興味津々《しんしん》なのはこの分野が、人間の「気」という領域と密接に関《かか》わるらしい点を窺《うかが》えるからである。

音楽は、まさしくその方面の申し子だろう。一方、絵画《かいが》は、社会とか自然界で実際起きている事象《じしょう》を写し、記録する性格も否《いな》めない。

例えば葛飾北斎《かつしかほくさい》の「赤富士《あかふじ》」を観《み》れば、北斎版画技巧《ぎこう》の凄《すご》さに唸《うな》らされるが、富士山自体は、北斎が築き上げたものでない。

同じ構造を、名作歴史小説からも窺《うかが》える。

即ち小説は如何に長くても、短《みじか》くても、如何に社会派的内容であろうと、荒唐無稽《こうとうむけい》の夢物語であろうと、過去形（あるいは未来想定）の記述となる。

逆に詩は、大昔の社会が舞台であっても、「今、目の前の出来事」として読者と触《ふ》れ合う――そういう現在進行形ではなかろうか。

詩には、賞味期限が無い？

音声韻律《いんりつ》の問題等さておき、以上の観点《かんてん》から私には所謂《いわゆる》「詩情」が、「気」そのものを指《さ》しているかに、最近感じられ出したのだ。

本作第一部は、私個人を介《かい》し、人間心理の持つ「気」の奇異さを色々追求し、或る所は逆説《ぎゃくせつ》的、或る所は熱っぽく大真面目《まじめ》に扱い、結果、音楽で言う「スケルツォ」（諧謔《かいぎゃく》曲）的な味わいを出せたなら本望《ほんもう》——と、心得ている。

第二部は、半ば分量確保も兼ねて、以前走り書きしたメモ類から洗い浚《ざら》いかき集め、並べた（例えば「犬」を描いた一編は、高校三年二学期初め頃に着想）ため、取り留《と》めのない雑多な仕上がりとなったかも知れない。

尚、（試し弾きまでは万全でないが）第一部のテーマ曲を作り、巻末に載せた。

目次

当世《とうせい》具《ぐ》足《そく》症《しょう》候《こう》群《ぐん》

第一部

当世具足症候群《とうせいぐそくしょうこうぐん》

何、「早く鎧《よろい》を着《き》たい」?
「早く、兜《かぶと》を被《かぶ》りたくてたまらない」?
分《わ》かるなぁ、その気持ち――。

男たるもの、
誉《ほまれ》高き役柄《やくがら》程、有り難い一《いち》条件は無い。
ならば、それを、そっくりそのまま、
臆《おく》さず人前《ひとまえ》で示そうではないか。

「我は侍《さむらい》、我は武士《もののふ》」

世の秩序《ちつじょ》を守るため、日々これ努《つと》める。
万一難事《なんじ》起これば、むっくと構《かま》え、
どこへでも、進んで矢表《やおもて》に立つ。

後《あと》から後から敵《てき》が湧《わ》き、押《お》し寄《よ》せようと、
ちぎっては投《な》げ、踏《ふ》み潰《つぶ》し、
撃退《げきたい》し、とことん闘《たたか》い抜くだろう。
そこで始終《しじゅう》、勢《いきお》いの火を守り、
生き甲斐《がい》にまで高めてくれる鎧と兜、
その名も「当世具足《とうせいぐそく》」
〜トーセーグソック・トーセーグソック！

「当世」とは今の世――「現代」の事。
「具足」は、鎧兜を意味する。
即《すなわ》ち、最先端スタイルの武具だ。
〈重過ぎない〉――これが特徴《とくちょう》。
とにかく着て、動き回れる。
こんな私でも、毎日必ず一回は――。
信じられますか？　特ダネ話。
世の中、大きく変わった。
もう「平安・鎌倉」時代へは戻《もど》り得《え》ない。
あの「大鎧《おおよろい》」だと私も、只、眺《なが》めるのみ。

しかし当世具足なら、着こなせる。
生身《なまみ》の体と鎧兜が〝化合《かごう》〟し、
どちらが自分なのか、区別《くべつ》つかなくなる。
脱いだ後も、しばらくは同じ心地。
いつしか、生活のシンボルと化《か》す。

かつて、「出会い」は、或《あ》る骨董《こっとう》屋だった。
奥の硝子《ガラス》ケースに鎧兜を見つけ、入店。
十数分間、向かい合った。
見た目で感じる——かなり古い。
現物から直《じか》に、御指名《ごしめい》を受けた。
懐《なつ》かしく、そして少々怖《こわ》いような……。
鎧兜上下見事揃い、迎《むか》えてくれた。
〈これは、決して飾り専用でない〉
所々、細部《さいぶ》で端《はし》が折れ曲がり、
漆《うるし》塗りも不整形《ふせいけい》に剝《は》がれたり——刀傷？
どうやら「理由《わけ》有り」品らしい。
窮屈《きゅうくつ》な現住居から出たがっている——。

傍目《はため》にも痛い程、伝わって来た。

元々、武具である以上、未来永劫《えいごう》、こんな陳列《ちんれつ》容器に閉じ込められては困る。
「着て貰《もら》える主役」を待っていたのだ。
いつかまた、お役目全《まっと》うのため、
身分高い武者を守り、勇気づけるため、
全力尽くし、働きたい――。
呻《うめ》き声にも似た訴《うった》え。
頭の片隅《すみ》で、微《かす》かに聴《き》き取った。
私が「選ばれ人」という巡《めぐ》り合わせ。
予感・期待の手応《てごた》えに半《なか》ば身震いし、
私は、なけなしの小遣《こづか》い全部叩《はた》き、
高価だが、何とか買い入れた。
置き場所は自宅座敷《ざしき》。
嵩《かさ》ばる。手軽な衣料でない。
しかし、着心地《きごこち》は――
最初から格別《かくべつ》だった。

いつの時代、どこで残された品か？
表面の剝《は》がれ傷が、やはり気になる。

褪《あ》せても欠けても、格式は揺《ゆ》るがない。
ご先祖様のお顔も窺《うかが》えないが、
「現代武士階級」は、私らしい。
実の武具から、そう知らされた按配《あんばい》。
座敷内を流れる空気が澄《す》み渡《わた》り出した。

あれ以来《いらい》、またまた骨董屋巡り。
遠方まで物色《ぶっしょく》し、中々見つからない中、
古風な長い太刀《たち》を一本、買い入れた。
こちらは飾り用だ。
刃先《はさき》も、物を切れる訳でない。
玄関《げんかん》奥で、しっかり睨《にら》みを利《き》かす。
「自宅ギャラリー」にて一時《いっとき》、身を置き、
それら品々と共に過ごす。
現代尚《なお》、息づく歴史的魅力。

〈歴史は、陶酔《とうすい》だ〉――
心の中で絶《た》えず、先々へ向け、
どこからか呼《よ》び声が聴こえる。
巷《ちまた》の流行が何だろうと、一切構《かま》わぬ。
もう、これら武具を傍《そば》から離せない。
できれば上下《じょうげ》共《とも》、正《ただ》しく着込《きこ》み、
人々に観《み》て貰《もら》いたい。
遠からず機会は訪れ、
街中あちこち出没《しゅつぼつ》し出すだろう。
近所や親戚《しんせき》から、変に騒がれたら、
「家系一門のため」と、強く開き直れる。
〈いざ出陣《しゅつじん》〉
街歩き回る際、襞《ひだ》と太刀が擦《す》れ合い、
ジャラジャラ鳴り響く。
堪《こた》えられないではないか！
武人を、より励《はげ》ます効果音。
それらは全身の動きから、自《おの》ずと発する。
周《まわ》りで居合わせた人々にとり、

武者姿とは「見る」のみならず、
聴くもの也《なり》
〽トーセーグソック・トーセーグソック！

オイオイみんな、どうした、その顔色は？
もしかして私が何か病熱にうなされ、
世迷《よまよ》い言《ごと》を口走った——とでも？
大丈夫《だいじょうぶ》。
この意気込みを、見くびらないでくれ。
心身共、至《いた》って健康。

「ならば、その狂的拘《こだわ》りは？」——

御心配なら、お答えしよう。
やはり……どこか、おかしいのだ。
私自身なのに、そうでなくなったような、
一方、「本物の私」へと戻《もど》るような……。
両側の想いが闘い、絡《から》まり合う。

己《おのれ》に勝つべきか？　負けるべきか？
武具を纏《まと》えば、間も無く、
血筋《ちすじ》の普遍《ふへん》性と再会できる。
〈我が愛するヨロイ・カブトちゃ〜ん〉
――ふと、考え直す意識もよぎる。
知らず知らずに良からぬ副産物が――？
それは、ごく一瞬の風向きでも、
恐らく殆《ほとん》ど手遅《ておく》れ。逆《ぎゃく》戻りできない。
一度嵌《は》まってしまったら、後《あと》、
用意された手順を読み取り、
次々、動作が進む。

あの出会い以来、私は変容《へんよう》――進化した。
かつて鎧兜姿のまま戦死した人物が、
そっくり乗り移って来た。
一武具を通《つう》じ、新時代と交《まじ》わった武士。
今や、この心身、

「百パーセントの私」でない。
片や、前持ち主の身の上まで演じ切れない。
〝考証《こうしょう》手続き〟なぞ真《ま》っ平御免《ぴらごめん》。
矢尽き、刀折れ、荒野《こうや》に果てた——と、
都合良く、そう決めつける。
〈いつ、どこの戦いで？〉
そんな記録が全部残る例は少なかろう。
すっかり馴染《なじ》んだ現物のみから、
ロマンチックに想い浮かべてみる。
一つ一つ考証し、確かめ直さずとも良い。
前持ち主本人が、限り無く訴えかけるのだ。

——名誉回復《めいよかいふく》——

彼は、名高き英傑《えいけつ》だったに違いない。
すさまじい最期を遂《と》げ、
にも拘《かかわ》らず、世間から忘れ去られた。
その場に味方が居合わせなかったか。

誰一人、武勇《ぶゆう》を語《かた》り継《つ》いでくれない。
人目《ひとめ》に留まった時、死後数ヶ月経過――。
武者姿のまま白骨化していた。
唯一の〝証人〟は、この鎧兜。
何百年も経た今日《こんにち》、ここで、ようやく、
無念《むねん》を晴らせる機会が訪れた？
きっと、そうなのだろう。
合戦《かっせん》自体は、快勝だったかも知れない。
否《いや》が上にも盛り上がる祝い気分。
陰《かげ》で、「捨《す》て石《いし》」的な討《う》ち死《じに》は霞む。
――声無き声――私は聴き取ろうとする。
たとえ学識《がくしき》乏しかろうと、
若武者の名誉回復を図《はか》りたい。
恐らく同郷人として、
彼の死を無駄《むだ》にせず、これからも武具が、
しっかり生き続ける。
今、私は極《きわ》めつけの勇姿だ。

こうしていると、為《な》す事・考える事――、
すべて上手くつながり出す。
彼の望みを私が――でなく、むしろ、
私の望みを彼が叶《かな》えてくれる。
「歴史にＩＦ《イフ》を挟むは禁物《きんもつ》と、
歴史家先生方が、はっきり述《の》べられ、
文字通り畏怖《いふ》させられる。
歴史を語る時、彼等の立場は絶対的。
「『過去』はなぜ、かくも完璧？」――
「遠い過去、真実が解明《かいめい》されていた」云々。
歴史家達は、それら「真実」の番人か。
だが現在、私の身辺《しんぺん》そこら中、
歴史的ＩＦが満《み》ち溢《あふ》れ出した。
先人が後世《こうせい》人に望みを託《たく》す話は、経験《けいけん》済み。
ならば後世人が、先人に望みを託したら？
〈……〉
「未来に起こった出来事」と、
「過去に起こるであろう出来事」の調整。

例えば、織田信長公《おだのぶなが》、
もう少し常識人《じょうしき》で、裏切《うらぎ》りにも遭《あ》わず、
無事、天下統一を成し遂げたなら――。
「鎖国―開国」の過程は省略できた筈。
安土桃山時代も国際色いっぱい。
都《みやこ》は、もっと早く東へ遷り、
しかし、後々《のちのち》まで「江戸《えど》」を名乗り続けた？
やがて産業革命の真っ只中。
遅蒔《おそま》きながら「大航海」にも乗り出す。
西洋諸国と富を競《きそ》い合い、
有利な貿易で、経済大いに潤《うるお》う。
最先端技術がどんどん取り入れられ、
社会隅々《すみずみ》まで行き渡る。
都は〝電子幕府《ばくふ》〟の治める所となる。
城中を二足歩行ロボット行き交い、
超高速の駕籠《かご》や飛脚《ひきゃく》が登場。
宇宙から毎日、地上映像を送る人工衛星。

藩境《はんざかい》等、関所《せきしょ》は全部GPS管理される。
丁髷《ちょんまげ》や島田髪のまま、洋装が定着する。
いや、――一方通行は有り得ない。
生活ファッション――男も女も、
むしろ、西洋文化側が和風化する？
大宮殿も木造高床型に次々建て替えられ、
王侯貴族は裃《かみしも》や、羽織《はおり》・袴《はかま》を好んで着用。
戴冠《たいかん》式で、「茶の湯」が重んじられる。
バロック音楽に三味線や尺八の大協奏曲。
大相撲はオリンピック競技の花形だ。
チャンバラ映画も、英語吹替《ふきか》えで広まる。
――考え上げれば切りが無い。

何、まだ納得できない？

「根拠薄《こんきょうす》い思いつきの、空《むな》しい戯《たわむ》れ」

「あなたは仮面《かめん》で、物を言ってる」だと？

……

それは、ひどい評価じゃないか。
清廉《せいれん》な面頬《めんぽお》を傷つけるに等しい。
見誤《あやま》るな。仮面でない。「本面」だ。
生《なま》の顔こそ仮面に近い事を認識《にんしき》すべし。
表情と内心――実際は一致させられない。

侍はなぜ、身構えるか。
なぜ毎日、警戒《けいかい》を怠《おこた》ってはならないか。
戸外で〝七人の敵〟と対峙《たいじ》し、
彼等に、詳しい正体を晒《さら》したくない。
読まれたら、とても厄介《やっかい》だから。
命かけても守りたい秘密とは？
「己には、中身が無い」という真実。
言わば「空《から》っぽ人間」――虚無《きょむ》。
〝**キョム・キョム・キョム・キョム！**

その内、こう思えて来る、
〈中身は無いが、『外身《そとみ》』は濃い〉と。

中身が全部、外側へ移ったらしいのだ。
ならば潔《いさぎよ》く正体を示し、
大いに身構え、威張ったらよろしかろう。
侍にとり、先《ま》ず何より外見が大切。
心でなく、形――「体裁《ていさい》」
体裁さえ整《ととの》えば、心はついて来る。
私も「外見」に従い、色々成り代わろう。
周りすべて――時空《じくう》飛び越え、
過去、持ち主だった人物のみならず、
鎧兜そのものへ――。

〈私は、当世具足――新時代の武具〉
我が心の奥を、如何なる人が知ろうか。
骨《ほね》より深く理解して貰いたい。
武具とは即ち「骨」也《なり》。
「殻《から》」に準《なぞら》えても良い。
殻は「内側が空《から》の骨」に他ならない。
貝殻を見よ。あの頑丈《がんじょう》さ、緻密《ちみつ》さ。

奇抜な彫刻的外形、七色面の滑《なめ》らかさ。
一旦《いったん》成長し、出来上がったら、
中が生体だろうと、空洞だろうと同じ。
殻だけで自己存在をアピールでき、
重宝《ちょうほう》される。
海中で、生涯全《しょうがいまっと》うした後、
今度は人間社会を世渡りし出す。

万物流転《ばんぶつるてん》。虚《むな》しいものよ。
「実利」「実益」なんて、直《じか》に味わえない。
それより、表面飾って暮らそう。
せめて形位《くらい》は見映《ば》え良く整え――否、
できれば形のみに、全力尽くそう。
みっともなく思われたくない。
それを「過《す》ぎたる虚栄心《きょえいしん》」と、
レッテル貼《は》りたければ、どうぞ。
構わない。
行き着く所まで行き、待っていてやる。

虚を食《しょく》し、虚に生き、虚に帰る。
誠《まこと》、「虚」程、武具に馴染む概念は無い。
「虚」が輝く時、
人の心への、余計《よけい》な配慮《はいりょ》は要《い》らなくなる。
注《ちゅう》意《い》向ける先は常に、体裁面。
体裁─体面─世間体。
恥をかいてはならぬ。
罪も犯してはならぬ。
罪を憎む理由は――、
後々まで世間体が崩《くず》れる意味合いのみ。
「罪の意識」からではない。
そもそも、罰《ばっ》せられる場面を想定しない。
「死」だって、怖くないのだ。
この武具一式が、生死の境を取り払う。
人相《にんそう》ごと面頬に吸い取り、
体は死して、骨のみと化して尚、
魂《たましい》の底力を見せつけ、
歯を鳴らし、カラカラ笑ってやろう。

どうだ。
――ええっ!?
今度は真顔《まがお》で、病気を疑い始めたか――。
それも結構。へっちゃらさ。
下手な健常者《けんじょう》よりマシかも知れない。
居場所を問わず公然と、こう呼んでくれ、
――当世具足症候群《しょうこうぐん》――
〜**トーセーグソック・トーセーグソック！**

風よ吹け！
無常《むじょう》の風よ、吹き荒《すさ》べ。
我が骸骨《がいこつ》の迷いを解《と》き、
終わり無き悟《さと》りの殻へ閉じ込めておくれ。
世の一切《いっさい》万物は、いずれ灰と化す。
「虚」を友として生きよ。
有象無象《うぞうむぞう》――悉《ことごと》く、
「虚」だからこそ美しい。
そして、侍こそ「虚界」を守り抜く番人。

世界中の若者から憧《あこが》れられる道理だ。
百パーセント生身《なまみ》の人間。
それでいて、へり下《くだ》る態度はゼロ。
相手問わず——神様に対しても。
そうだ。侍だから、無条件に偉い。
「現代の侍」と、武具より教えられた私。
世間を眺《なが》め下ろすべく定められたか。
男は侍に生まれるんじゃない。
侍になるのだ。
「いつ、誰がなれるか」は、結果がすべて。

結果を出した者が選ばれ、称《たた》えられ、
出せない者は即、貶《けな》されるのみ。
たとえ真心《まごころ》が籠《こも》っていようと、
愉快《ゆかい》な話題が伴《ともな》おうと、雑念《ざつねん》でしかない。
結果良き者は、客観的に、
そこへ至る道筋《みちすじ》も正しかった、と分かる。
結果を出すため、人は励《はげ》む。

それが「喜び」だからではない。
出せない恥のみじめさと決別《けつべつ》。
「せめてこれ位《くらい》は」――最低基準を守ろう。

全生物の霊長《れいちょう》――人類、
その人類で、際《きわ》立った理想像――侍《さむらい》。
なぜ、かくも歴史上、注目《ちゅうもく》されたか？
やはり「無条件の高み」に帰する。
侍たる者、誰かに憧《あこが》れる事は無い。
己が最も憧れられている、と自覚済《じかくず》み。
「あんな人になりたい」でなく、
「あんな人にはなりたくない」――
否定対象《たいしょう》のモデルが多い程、本物。
心から他人を褒《ほ》める態度は、絶対無い。
他人に感動したり、感謝もない。
一方、馴《な》れ馴れしい扱いに、我慢しない。
「無礼《ぶれい》者！」とばかり、一喝《いっかつ》する。
自分に対する丁重《ていちょう》さを厳しくチェック。

侍の前では、何人《なにびと》も頭を下げるべし。
そこに理由を問う事は、許されない。
「とにかく、見上げられる偉い人」の象徴。
誰より当人が、それをわきまえている。
「独《ひと》り善《よ》がり」――自惚《うぬぼ》れでない。
周りから自分へ向けられる尊敬《そんけい》、
その切実《せつじつ》さを深く理解し、
相手の身になって賛同《さんどう》するのだ。

〽トーセーグソック・トーセーグソック！
リソック・ゲソック
ゴソック・ダソック！

人は、人の上に天を造《つく》らず。
いつも、心の丁髷《ちょんまげ》に目配りし、
中身よりも外身を正せ。

我、驕《おご》る。故《ゆえ》に我、在《あ》り。

負けた男等《ヤツら》に

負けたヤツらに、過去《むかし》を誇《ほこ》る資格は無い。
負けたヤツらに、現代《いま》を糾《ただ》す資格は無い。
負けたヤツらに、将来《さき》を示《しめ》す資格は無い。

試合《しあい》は「勝てる」と信じた時、初めて、
臨《のぞ》み、挑《いど》めるもの。
もし、勝算《しょうさん》を一切《いっさい》持てないならば、
身《み》の程《ほど》わきまえ、励《はげ》み続けよ。
「国際《こくさい》試合出場」なぞ、論外《ろんがい》の沙汰《さた》。

国際舞台で、実際に活躍《かつやく》できたら凄《すご》い。
栄光は、ごく一部、
際立《きわだ》った巧者にのみ訪れる。
「それ位、皆、心得ている」――だろうか？

おまえ達——チームリーダーは、
「国際試合優勝」のメダルが気になった。
国内誰も有した経験無し。
「まだ我々に関係無い」とは言い難《がた》かった。
目指さなければならない義務感。
メンバーをひたすら律《りっ》した。
——だれもが内心、感じ始めていた、
〈ここまでの連戦連勝は、出来過ぎだ〉——

殆《ほとん》どアマチュア並みだった運営組織。
練習用具の質や、数不足も——。
悪条件下、地域試合を、勢いで勝ち抜き、
全国初優勝した時、地元《じもと》中大騒ぎ。
選手達の凱旋《がいせん》帰還《きかん》を待っていた。
ところが、「祝いの美酒」は返上《へんじょう》。
国際トーナメント試合参加が決まった。
日程や経費は？
年間計画を大幅《おおはば》に見直《みなお》し始めた。

強豪《きょうごう》チーム似《に》で、新ユニホーム考案《こうあん》。
現場状況お構《かま》い無く、頭数揃《あたまかずそろ》え、
海外開催地《かいさいち》へ、早速《さっそく》送り込む。
超過密スケジュール。
選手一人一人、既に疲れ切っている。

監督《かんとく》・コーチ共、
ここまで勝ち進めた成果《せいか》を守りたい。
指導方針《しどうほうしん》に変更無し。
顧《かえり》みるのが面倒臭《めんどうくさ》くなった？
「指導が良いから勝てたのだ」と、
客観的に納得し、手柄捜《てがらさが》しする。
既に高く評価されている前提《ぜんてい》。
反面、選手達には辛《つら》く当たった。
「勝たせて貰《もら》ったリーダーに感謝し、
己の点検・改善を怠《おこた》るな」——
そこまでも叱咤激励《しったげきれい》が頼《たの》みの綱《つな》。
かつて知らないシゴキ地獄を用意する。

メンバー全員、体力・才能は半人前《はんにんまえ》。
誇《ほこ》りまでむしり取られ、
超人的無理の気迫が薄らいで来た。

不本意《ふほんい》な構《かま》え方《かた》だった国際試合当日《とうじつ》。
息詰《いきづ》まる空気に戸惑《とまど》いつつ開始。
前半健闘《けんとう》するも、やがてミス続出。
目を疑《うたが》う守備総崩《そうくず》れを起こした。
圧倒的な相手の得点力に完封負け。
金メダルどころか、十位にも届かない。
実力を被《おお》うメッキが剝《は》がれ落ちたのだ。
この同じ相手が後々《のちのち》勝ち進み、
優勝する——等と、誰が予想できたか？
監督・コーチ陣は不機嫌《ふきげん》この上無い。
後半、グラウンドへ向けてやじり飛ばし、
コロコロ作戦変更する。
選手は右往左往《うおうさおう》するばかり。
疲労限度を超えた昏倒《こんとう》者さえ出る。

試合後、相手方の祝賀《しゅくが》ムード一色。
幹部や応援《おうえん》団員は早々《はやばや》引き上げ、
誰一人、自チームを庇《かば》いに下りない。
素直《すなお》に残った選手だけ、晒《さら》し者となり、
グラウンド片隅《かたすみ》で泣いていた。
屈辱《くつじょく》――しかし、それは偽《いつわ》り無き現実。
スポンサー親会社も冷ややかだ。何と、
相手方の最高得点者に特別賞を贈《おく》った。
帰国後、選手全員、本社へ〝出頭《しゅっとう》〟し、
ファンへの謝罪《しゃざい》会見が開かれた。
そこは、まさしく「被告席」
監督個人への償《つぐな》いも迫られ、
一部ベテランが翌日、自ら命を絶った。
それでも報道陣の怒りは治まらない。
「国際試合出場」は、只事ではない。
参加決定を伝えられ、誰も驚いた。

名高い世界的強豪《きょうごう》がウヨウヨしている。
話に聞くだけで、正体を知り得ない。
過去、体験者が全国どこにもいない。
一体、誰に教えて貰うか――。
練習の場が、随分静まり返った。
向こう見《み》ずな鼻息も中々湧いて来ない。
毎度、慎重過ぎる硬い動きに終始。
監督・コーチの神経質な叱声《しっせい》が響き渡る。
選手から口答えする生意気者は潜《ひそ》まり、
彼等同士戯《たわむ》れ合う光景も見られない。
「中身」が問われる段階に来ていた。
実力向上のため、皆、焦《あせ》り出す。
「これまで『ごまかし』が通った。
本物の強豪を目差し、頑張らねば――」
そんなレベルは、傍目《はため》に許し難い。
「既に一流ではなかったのか」と――。
勝負の世界程、正直な場所は無い。
ベテランコーチに迷いが強かった。

地方大会さえ結構、綱渡《つなわた》り的に進んだ。
全国優勝は、丁度良い区切り。
一休《ひとやす》みし、運営を練《ね》り直したい。

しかし、「引く」選択肢は潰《つぶ》された。
「国際試合で優勝せよ」と、厳命下る。
参加者故の特別待遇《たいぐう》は、無い。
次第に、不利な数字データが揃《そろ》って来た。
選手皆《みな》、体格・体力面で相当貧弱。
さすがに、海外の伝統的チームは大柄だ。
彼等と対峙《たいじ》し、勝ち進むシナリオは？
誰が何時《いつ》、それを描けるか。
「条件如何《いかん》に拘《かかわ》らず、
勝ち続けねばならない。
優勝するまで」――
尊い使命であり、
「今後」すべての大前提《ぜんてい》だ。

チームからファンに対し、正式公約《せいしきこうやく》した。
「我々一同《いちどう》、命に懸《か》け、優勝します」
マスコミ・大衆は舞い上がった。
出場決定以後、
「国際優勝」の文字が、新聞に躍り出た。
選手団へ恐ろしい程、期待が盛り上がる。
各地催し事のゲストに引っ張り蛸《だこ》。
子供世代からも英雄扱いされる。
もはや「実情」に拘《こだわ》る者はいない。
練習前、監督が声高《こわだか》に訓示《くんじ》する。
新しい心掛け――
「『優勝』は、君達個々の全生涯より重い」
選手一人一人にとり、それが真理だろう。
「試合道徳」と呼ぶべき。
誰もが深く、深く信じて行《おこな》う。
がむしゃらに納得する外《ほか》無い。

かくて本番、彼等は実力以上に頑張った。

前半、得点チャンスが何度も有った。
かなり有利な試合運び。
ところが、それらいずれも、
「止《と》め」直前《ちょくぜん》で、動きが止まったのだ。
一瞬、闘志が覆《くつがえ》ったように――。
向き直り、自陣へ引き返し出す者、
相手側守備陣へパスしてしまう者、
先輩の鋭い警告に、たじろぐ若手、
蹴《け》り足を急遽《きゅうきょ》、左から右へ変更。
結局、ボールは奪われた。
一体、なぜ？
「これは『勝ち』を焦《あせ》らない流儀《りゅうぎ》か」と、
チームの余裕さえ強調するアナウンサー。
スタンド内、双方から声援入り乱れ、
のべつまくなしに、やかましい最中《さなか》。
――果たして、解説通り展開していたか。
とんでもない。

後半早々《そうそう》、恐るべき反動が来た。
前半、手加減したのは――？
むしろ相手チーム側かも知れない。
降《ふ》り注《そそ》ぐ集中攻勢に押されっ放し。
取り分け、終了時間直前、
相手スター選手から特大の一撃。
ゴールフェンス自体がぶっ壊れた。
これで、すべて終わり。
もう、反撃を呼びかける声援も費《つい》え、
「世界の壁」を、只々受け入れるのみ。

試合翌日以後、新聞論調《ろんちょう》が変わった。
「絶対優勝」から「深い反省」へ――。
何を、どう反省させるつもりか。
痛烈に、敗北原因を追究する訳でない。
「自信過剰だったチームカラー」を戒《いまし》め、
開始時の反則行為に触れた記事も有る。
相手側が国際審査委員会に訴えていた。

いずれにせよ、
「負けたチームが悪い」のだ。
責《せ》めを負《お》わされた第一線の各選手。
新聞紙上で、彼等は絶えず叩かれ、
健闘を称《たた》える評価なぞ見当たらない。
反面、監督には、心なしか同情が集まる。
会社から公式の「お詫《わ》び」も発表された。
「ファンを裏切った選手達の罪は重い。
全員、新メンバーに入れ替え、
とことん鍛《きた》え直し、生まれ変わります」

熱烈な一ファンとして、私から、
素直に意見したい。
会社幹部含め、指導者の方々よ。
「お詫び」宣言で、締《し》め括《くく》ったつもりか。
冗談《じょうだん》じゃない。
この罪《つみ》から、誰一人逃《のが》れられないぞ。

或《あ》る意味で我々——ファンも同じだろう。
「チーム関係者全員、己の生涯を懸《か》け、
優勝する」との約束が交わされた。
国際試合出場を受け入れ、応援した。
形勢《けいせい》不利は皆、十分予想していた。
未熟過ぎる力量にお構い無く、
金や時間をかけた準備もやらず、
「海外遠征《えんせい》」に息巻き、躍った。
思い上がり甚《はなは》だしい。
そして、みじめ過ぎる第一戦敗退——。
スポンサー・全国ファン共、大恥《おおはじ》をかき、
耐え難い失望がもたらされた。
〈勝負は時の運〉
力出し切った結果ならば仕方無い。
挑戦欲を、誰も咎《とが》めたりしない。
問題は、真実を認めない態度。
今回、我が味方チーム・・・は敗《やぶ》れた。
勝ったんじゃない。負けたんだ。

関係者全員、気持ちを共有して当然。

――実際は、そうならなかった。


〈選手に『負け』を献上《けんじょう》され、腹立たしい〉

〈不名誉極《きわ》まる。損害賠償させたい〉

〈技術レベルが低過ぎる。もう見限った〉

〈広く海外から〝助っ人〟を導入《どうにゅう》したい〉


一体どういう御立場か。

「お詫び」宣言以降、事有る度《たび》、

「反省」「反省」と口にしながら
……？

「反省します」でなく、

「反省させます」だったのか。

一コーチをインタビューしてみよう。

「あなた自身の反省内容は？」

すると、途端に気色《けしき》ばむだろう。

「誰に向かって『知ったかぶり』の質問を？」

無礼だぞ！」
彼の心境《しんきょう》を標語化してみる。
「勝因はすべて、指導者達の功績。
敗因はすべて、選手達の責任」
国内試合時から、ずっと同じ。
一選手の大逆転ゴール――勝利。
翌日、〝鬼コーチ〟が偉大視され、
監督采配《さいはい》ミスから大失点――
出場選手大幅入れ替えの動機になる。
抗議した者は即、「寄生虫」扱いだった。
上下関係が真実にまで影響する空気。
ファンも初め、戸惑いを隠さない。
やがて、声が窄《すぼ》んでしまう。
皆、納得できたか？　否か？
その沈黙をマスコミが有り難がる。
得点場面のみ、やたら興奮状態。
望ましいシナリオを、先に描いてしまう。
結果は、条件次第で変わるのに、

生《なま》の展開から学ぼうとしない。
これらを「伝統」と、割り切る者もいる。
しかしチーム自体、歴史浅いのだ。
世界から見れば「雛《ひよこ》」格でしかない。

指導陣は選手達に国際出場を義務付け、
一人一人、必死の覚悟を誓《ちか》わせた。
マスコミにも確約した、
「我々一同、命に懸《か》け、優勝します」と。
「我々」に力が籠《こも》っていた。
いざ「負け」が決まると、変わった。
「メンバー総入れ替えし、
新しい血で生まれ変わり、再出発します」
――指導者側の生涯は、どうなった？
職業生命すら、傷一つついていない。
ことさら苦労話が語《かた》られ、
研修講師に招《まね》かれ、若者から尊敬される。
不公平じゃないのか。

選手には自殺した者も数人いる。
「馬鹿正直・純情過ぎる」と、笑えまい。
彼等はまさしく、おまえ達の身代わり同然。
せめて最初から、こう公約すべきだった。
「我々も勿論《もちろん》頑張るが、何より、
選手達の全生涯を懸け、
国際優勝に捧げて戦わせます」——
それが、偽《いつわ》らざる本音の筈。
誰も一勝すら見込めなかった訳だから。
一世一代の晴舞台。
「みすみす逃したら大変な恥」
その恥は「負ける事」より忌《い》まわしい？
八割方《がた》、不利が定まった状況。
そんな時、背を向けて安住《あんじゅう》するより、
たとえ不利でも戦い挑《いど》む者こそ美しい。
否応《いやおう》無く、けなげな勇気に奮い立ったか？
——そうでもなかった——。
やはり皆、「輝かしい王座」狙《ねら》いなのだ。

チームは拵《こしら》え事の世界へ踏み入れる。
内心、勝てる材料が一切浮かばない。
にも拘らず、「絶対優勝」を公約する。
どういう形の優勝プランだったのか。
「弱くても立ち向かう」――では駄目。
あくまで上位格として参加する。
そう思わなければ立《た》つ瀬《せ》無い。
相手方から見た立派さも欠かせない――。
一体、どこの誰に、それを保証できるか？
指導陣は選手達に「優勝」を課した。
これから大きく、強く育てるのでなく、
「今、既にズバ抜けて強く、大きい」――
その証拠を即見せろと、ひたすら迫った。
理屈で分かるのに、無い物ねだりした。
責任も、選手に全部押しつけた。

ここで、もし、
「『体面《たいめん》維持』が敗因」と裁定《さいてい》されたなら、

申《もう》し開《ひら》きできるか？
体面とは厄介な代物。皆、否定的に語る。
しかし、捨て切れず、拘《こだわ》り続ける。
それが一人一人、いや、集団毎《ごと》動かし、
生かしも殺しもする。
おまえ達――指導陣は気負い立った。
全国優勝後、本物の体面意識が芽生えた。
「もし、国際優勝もできたなら――」
現状は、とうてい勝算おぼつかない。
志《こころざし》と絶望の狭間《はざま》で、幻《まぼろし》にしがみつく。
そうさせたのは、謂《いわ》れ無きプライドだった。
「我々は偉い――賢《かしこ》い・強い・美しい」――
その証拠は？
「証拠なんて、知るものか。
我々は偉い。とにかく、そう思われたい」
謂れ無き誇りの体面維持が、
「勝算無き国際優勝」へと突っ走らせた。
〈栄光は、選手から我々に用意して当然〉

本気でそう考え、振る舞った。
最も偉い立場は、チーム指導陣の面々？
ファンよりも、スポンサーよりも――
勿論、第一線の選手よりも……。
もはやファンやスポンサーのためでなく、
自分達のため、選手が殉《じゅん》じてくれる――。
そこを相手側に見透《みす》かされたのでないか？
どうも、怪しい背景《はいけい》が臭《にお》う。
或る上位幹部は、初戦敗退を知っていた。
心配でなく、確信していた。
進んで引き受けた「強い敵役《かたき》」？
伝統誇る海外大物チームと、深い所で通じ、
興行的成功に手を貸したかも知れない。

過ぎたる功名《こうみょう》心が「御伽話《おとぎ》」を求め出し、
噂《うわさ》や憶測《おくそく》を次々正当化し、
その根拠作りまで要する絡繰《からくり》。
全選手共、団結意識で縛《しば》られ、煽《あお》られた、

「仲間こそ美しい」「仲間こそ力」と——。
皆、一途《いちず》に従《したが》い続ける。
やがて限度を超えてしまう。
——チームの総意《そうい》のみが正しい——
そんな感覚、まだ全然育っていない。
取返しつかない矛盾《むじゅん》と化した。
もしチーム一丸——総意で動けたなら……。
しかし正体は、個人プレーの巣窟《そうくつ》だった。
「仲間、仲間」と唱える者達自身、
凡そ総意でない海外遠征を急ぎ、
各々、集団エネルギーから貪《むさぼ》り続けた。
これこそ「寄生虫」による災《わざわ》いだろう。

「負けたヤツら」は内心、
結果事実さえも、一切認めたくない。
あれ以来、国際試合毎《ごと》忘れ去り、
優勝した相手チーム側へ絶えず取り入り、
今や、勝者の一番子分として威張り出す。

幸《しあわ》せよりも大切な事

——昨日《きのう》のあなたが、
今日《きょう》のあなたより優《すぐ》れている？
今日の私が、明日《あした》の私より優れている？
そんな話が有ってはならない。

人一人《ひとり》の生涯《しょうがい》で最《もっと》も大切《たいせつ》な事——
あなたは即、「幸せ」と答えるだろう。
ならば社会を考えた場合、
全人類の幸福を挙《あ》げられるだろうか。
いや、そもそも「人類の幸せ」とは？
そんなもの、有るだろうか。
——聞いた事すら無い⁉——

お答えしよう。人類は、

決して幸せなぞ有《あ》り難《がた》がらないし、
目指す意志《いし》も無い。
歴史が物語っている。
過去は常に重く、尊《とうと》かった。
我々自身、歴史を誇《ほこ》りに思う。
数え切れない人々が非業《ひごう》の最期《さいご》を遂《と》げた。
彼等は敬《うやま》われ、羨《うらや》まれる。
生前、凡《およ》そ幸せでなかった。
にも拘《かかわ》らず、お手本にされる。
むしろ「不幸」度が決め手……。

もしかして先人達は、
「幸せよりも大切な事」に目覚めたか。
きっと、そうだ！
だから今尚、輝き続ける。
それを先《ま》ず、「栄光」と呼ぼう。
その裏付けとなる条件こそ、
「進歩《しんぽ》」である。

絶えず進歩する者のみが競争に勝ち抜き、地位を固め、いつしか栄光に至る。
幸せを得たとしても、浸る暇は無い。
いや、正直《しょうじき》に述べさせて貰《もら》う。
「幸せは、進歩の邪魔《じゃま》になる」のだ。
たとえ恐るべき事故を、将来招《しょうらいまね》こうとも、進歩と引《ひ》き換《か》えなら、結局許される。
幸せに浸り切る者こそ、内心軽蔑《けいべつ》され、いずれ世捨《よす》て人《びと》同然となる。

我々は皆、進歩のために生きている。
「両親のため」でもなければ、単に「我が子のため」でもない。
ましてや「神のため」なんて言ったら、人間性を疑《うたが》われる。
文明生活で誰一人、神が実在する――等と、本気で信じない。

かつて、あらゆる家庭が、
「神の下《もと》」に成り立って見えた。
子供達は両親の背後に神を感じ、
両親も、子供達の成育《せいいく》は神の御心《みこころ》と――。
先々、健《すこ》やかでもありますよう祈った。
現代、どの家庭・地域社会でも、
神への忠誠《ちゅうせい》は必要無い。
マスコミ、卒直《そっちょく》な知識人――万人同じく、
心から神を敬《うやま》ってもいない。
そうした彼等が、只一つ、
目の色変えて自己点検し出すのは、
「進歩」面から格付けられる時。
己《おのれ》が、社会の進歩に適《かな》っているか？
自国が、国際的な進歩に適っているか？
万一、気づかず取り残されていないか？
時としてこの問題から、命懸《いのちが》けで戦う。
立場問わず、何より気になる事柄だ。

社会は万人の幸福を、目指さない。
そんな目標が有れば、たちまち財政破綻《はたん》。
人々を沢山抱《かか》えて養うより、
限られたエリート達にたっぷりサービス。
その方が実入《みい》り良い。
エリートは「進歩」の申し子。
並外れた技術や知識を身につけ、
学べば学ぶ程、才能開花《かいか》する。
あらゆる局面で「即戦力」となる。
凡人が超努力しても、
エリートの遊びレベルしか届かない。
素人《しろうと》は、好成果に酔いしれ、
玄人《くろうと》は眉《まゆ》一つ動かない。
エリート＝玄人集団こそ、社会の命。
時代の新しい可能性を開く。
彼等さえ健在ならば、皆、大満足。
小さな個人的幸福なぞ、取るに足らない。
たとえ普段、暮らし向き悪かろうと、

「勝ち組集団」の一員でありたい。
誇りが、苦しさを忘れさせてくれる。
「エリートよ、もっともっと輝《かがや》け、
私達は労力・時間を惜《お》しまず、
あなた方の威信《いしん》を守り抜きます」
これが現代型人類の正直な本音《ほんね》。
個々の利益から集団的利益へ――
中でも、選ばれた少数へとことん尽《つ》くし、
密《ひそ》かな安心感を味わう。
市民意識は、そんな風に改《あらた》まりつつある。

進歩とは「変わり続ける」事。
或る一線で止まってはならない。
絶えず優れた方向へ変わるべし――。
今日、会心《かいしん》の成果を得ようとも、
明日には捨て去る勇気を持て、
「もっと優れた成果」を生むために。

進歩の証拠となる「記録」――。
いつ、いかなる場合も漏らさず書き残し、
分野《ぶんや》問わず、代々保管《ほかん》せよ。
後世へ引き継がれる宝物だから。
人類は「記録の動物」
近・現代通じ、
記録に支えられ、社会が成り立って来た。
それらすべて、「超える目標」なのだ。
過去記録を塗り替えた時のみ、
進歩を確認できる。
その「記録更新《こうしん》」すら、今や、
加速度的な勢いを帯びる。
将来、スポーツ界のスキー競技に、
「一キロメートルジャンプ」登場。
フィギュアスケートのジャンプも、
「九回転」「十回転」が常識化するだろう。
陸上競技――百メートル走で、
「三秒の壁」を巡《めぐ》る攻防《こうぼう》が起き、

重量上げのバーベルは一トンを超える。
考古学《こうこ》を覗いてみよう。
進歩した地下透視《とうし》技術は、
毎年、ピラミッド級の新発見を実現する。

将来、生まれた赤ちゃんの第一声《だいいっせい》は、
正確な「明日の株価《かぶか》」予測かも知れない。
二歳ともなれば、自ら「天職」を覚《さと》る。
就《つ》きたい職業——でも、ちょっと無理？
ならば「就ける職業」、人脈の作り方、
同僚《どうりょう》と比べた給与水準、
出世《しゅっせ》・結婚運・健康運・社内評判、
身につけるべき国家資格や免許、
望む就職先へ、近道《ちかみち》となる大学名——。
受験勉強スケジュールも思い描ける。
既に「全国乳児学力テスト」を受けた。
赤ちゃん同士、自己順位を見比べ合い、
上だったら喜《よろこ》び、

下だったら、正直に悔《くや》しがる。
勉強がすべて――でない。
「遊び」こそ、幼児適性に触れる好《よ》い機会。
保育園・幼稚園、時には一般家屋内《かおく》――、
「遊びインストラクター」が付く。
子供の「品質《ひんしつ》」を診断してくれる。
多種多様なゲームに熱中させ、
動作や表情を映像にも撮《と》り、調べ上げる。
脳のレントゲン写真と睨《にら》めっこ。
――この子は医者に向く――。
――この子は建築家を目指すべき――。
――この子は球技が得意な筈――。
根っから自然児タイプもいる。
自主性がリーダーシップにつながる。
知能・体力・容姿・性格・血統――。
数字データを専門家がコンピュータ分析。
癖《くせ》が多い子の自己満足も見逃《みのが》せない。

指導員・父母共、審査《しんさ》に一喜一憂《いっきいちゆう》し出す。
万一《まんいち》、「学《まな》び・遊《あそ》び」両方駄目なら、
箸《はし》にも棒《ぼう》にもかからぬ凡児《ぼんじ》達――。
生きる資格《しかく》そのものを問われかねない。
「子はかすがい」どころか、
当の子供が、夫婦円満《えんまん》に水を差した格好。
夫はやがて、自問自答《じもんじとう》する。
一体、俺達《おれたち》は……いや、俺は、
人生、どこで間違ってしまったか。
三歳の息子に「将来性ゼロ」だなんて……。
社会責任が、初めて肩にのしかかる。
可愛《かわい》らしい分、余計《よけい》、気が重い。
誰も、救《すく》い上げてくれないのか、
この先、本当に？――
翌日、ようやく気を取り直す。
やはり、できれば上位へ届けてやりたい。
指導員に勧められた育児書。

――「五歳からやり直す遅咲《おそざ》き人生」――

人間心理――希望・欲望・喜怒哀楽《きどあいらく》――。
「心」は多様《たよう》過ぎ、これまで野放《のばな》しだった。
所詮《しょせん》、〝電気信号〟
方向性を絞《しぼ》る工夫《くふう》により、分析《ぶんせき》できる。
興味《きょうみ》や意欲《いよく》は、集中力維持《いじ》に欠かせない。
「心の点数」が、いずれ注目《ちゅうもく》を集め出す。
各人毎《ごと》に個性《こせい》を管理する手段《しゅだん》ともなる。
会社採用条件にも最適《さいてき》。

一時期《じき》、
「『進歩』は、『幸せ』のため」
と、〝神話〟がささやかれた。
「幸せ到達《とうたつ》」目標《もくひょう》は、誤《あやま》りだった。
そんな身の上、元々存在せず、
お目出《めで》たい幻想《げんそう》に過ぎない。
正直者《しょうじきもの》に、幾らか快《こころよ》く頑張らせるため、

用意された都会生活成功イメージ。
本気で「有る」と信じてしまった青年、
彼の行《ゆ》く末《すえ》や、如何《いか》に？　――
真《ま》っ向《こう》志《こころざ》し、
よく働《はたら》き、付き合い、
あちら立て、こちら立て、期待《きたい》弾《はず》み、
何かがグッと開《ひら》けそうで――開けない。
何かが叶《かな》いそうで、あまり叶わない。
いつしか、背中は物憂《ものう》い影《かげ》を帯《お》び出す。
毎年、同じ結末《けつまつ》の繰《く》り返《かえ》し。
――彼を「建前居士《たてまえこじ》」と、笑えようか？
一社会人として申《もう》し分《ぶん》無い。
にも拘《かかわ》らず、奇妙な欠乏《けつぼう》感いっぱいだ。
彼は幸せを目差した故、挫折《ざせつ》した。
本物の恵《めぐ》みを見込《みこ》んだ瞬間から、
「中毒」感染が始まり、
日々のがんばりに対価《たいか》を求め出した。
〈努力が報《むく》われなければ、おかしい〉と。

しかし――、
誰が、何を、どう報いてくれるだろうか。
〈きっと誰かが、何かを施《ほどこ》してくれる〉
その愛に包まれようと、働き続ける人々。
具体的なイメージは描けない。
深く考えてみた事すら無い。
もし詳しく見え出したら、却《かえ》って不自然。
何となく有《あ》り難《がた》い――そんな程度か。
あくまで体感《たいかん》上の事柄。
そんな気分欲しさに、全力投入の半生？
いや、――それでは世の中、動かない。
曖昧《あいまい》な自己流なぞ組織目標たり得ない。
ここで、欠かせない「信頼性」。
誰にでも幸せ願望は、必ず有る。
しかし誰も、実現を保証できない――。
そのあたり、皆、了解済《りょうかいず》みだったのに……。
幸せの具体例――やはり「進歩」が担《にな》う？

これ程、明確な目安《めやす》は無かったか。
〈幸せがここに在る。あそこにも――――！〉
実際、貧困から、多くの国々が救われた。
国内あらゆる都市、町や村、
そして街中の家々が救われた。
豊かさに裏打《うらう》ちされた新しい暮らし。
「叶わぬ結婚」に見事《みごと》ゴールインでき、
死を覚悟した肉親の病《やまい》が回復、
旅行時間は短縮《たんしゅく》。知識や情報も倍増《ばいぞう》する。
かつて魔法沙汰《ざた》に等《ひと》しかった改革《かいかく》が……。
様々な生活問題を解決した。
確かに一面、「幸せ」と重なって見えた。

その関係が、固《かた》められてしまった。
「幸せ」＝「進歩」という思い過ごし。
「進歩」が、あちこちで目立ち出し、
皆、「凄《すご》い幸せになれた」と感じた。
それは、やはり間違っている。

結論《けつろん》を述べよう。
「進歩」こそ、何事にも勝《まさ》る大切な目標。
「幸せ」は元々、そしてこれからも、
直　接触《ちょくせっふ》れたり、味わえる世界でない。
あくまで表向き語られる虚構《きょこう》だ。
長い苦難を一時、忘れさせる効果も持つ。
まるで、実在するかのように――。
そこまで心得《こころえ》られたなら、生活の達人《たつじん》。
幸せらしく見せるだけで十分です。
「幸せになるために努力」なんか、しない。

しかし大多数、人々は惑《まど》わされる。
取り分け若い世代――先が長いから要注意。
「努力したら幸せになる」なんて、嘘だよ。
人の五感程、曖昧《あいまい》なものは無い。
勘違《かんちが》いで喜んだり、楽しむ場合が多い。
同じく、苦しみ・悲しみ・腹立たしさ、
「人と比べて云々」――の数々も――。

メジャー良識《りょうしき》が却って、真実を目隠《めかく》しし、
あなたにも、私にも、
中毒の闇《やみ》は忍び寄る。
皆、本当に大切な事を忘れちゃいないか?
どこでもスピード化（加速《かそく》）時代。
幻想を追い求めるのは、もう止《や》めよう。
「幸せでなければ生きて行けない」なんて、
カッコ悪いぜ。
それより、己の心を点数化して貰《もら》おう。
採点《さいてん》データと、じっくり向き合い、
一つ一つ、遅れをチェックしよう。
無駄《むだ》な希望は、削除《さくじょ》してしまえばいい。

――人生、「やって良い事」、
「やらなくて良い事」は、存在しない。
「やっていけない事」、
「やらなくてはいけない事」――
この二つが有るのみなんだ。

世の誰も、例外《れいがい》無く気づいている。
本音《ほんね》じゃ「幸せ」なんて、
もう、飽《あ》き飽《あ》きしてるのさ。

神様からの貢《みつ》ぎ物《もの》

人は、「人」らしく堂々と生きる。
「神の下《もと》」なんかでなく――。
いや、神より偉い位置から見下ろし、
時には法的手段の行使《こうし》も辞《じ》さない。
〈神を敬《うやま》い、片棒担《かつ》ぐ輩《やから》は『人の敵』
できれば神に、実社会を乱されたくない〉
――これが、偽《いつわ》らざる本音《ほんね》。

世の万物《ばんぶつ》に昼夜《ちゅうや》、目配《めくば》りされ、
恵《めぐ》み、施《ほどこ》しの一方、
罪には厳《きび》しい裁《さば》きを下《くだ》される神――？
……しかし、その神様自身が過《あやま》ちを犯し、
裁かれる機会は、本当に必要無いか。
また「神威《しんい》」とは果たして、

この地上――地球表面のみならず、
宇宙にも通用《つうよう》するものか？　――
素朴《そぼく》な疑《うたが》いに目覚めた末《すえ》、人類は、
「科学」を心の柱とし、
「経済」というしくみの下、発展し続け、
ついに神へ、地上から立ち退《の》きを迫《せま》った。
「もう騙《だま》されない、
神が我々に、何をしてくれた？
自動車一台、
コンピュータ一台操《あやつ》れないではないか。
それどころか災害をもたらし、
『進歩』から遠《とお》ざけてしまう。
神は元々、そんなに偉かったか。
人類が祀《まつ》ってやったから、図《ず》に乗った。
神が人類をお守り下さった訳ではない」
かつて神は「大自然」なるもの――即《すなわ》ち、
非能率極《きわ》まる物質空間を造《つく》った。

多種多様な動植物・微生物から慕《した》われ、
曖昧《あいまい》さに胡坐《あぐら》をかき、安住《あんじゅう》し続けた。
人類も当初、そんな中で閉《と》じ込められた。
農作物等——「神様からの恵み」に感謝し、
絶えず期待《きたい》を込めていた。
「神の怒《いか》り」を鎮《しず》める祈《いの》りも、必死で——。
やがて或《あ》る時期、その人類が、
「神の不正疑惑《ぎわく》」に気づいた。
あくまで直感——本能的な察知《さっち》。
以後《いご》、〝伏魔殿《ふくまでん》〟の一掃《いっそう》に乗り出す。
森という森を焼いて処分《しょぶん》し、
沼や海辺も次々埋め立て、都会に変え、
先ず、公平な立場を築く。
「近代社会」誕生《たんじょう》した頃から、
それは人類と神の、名誉を懸《か》けた対立《たいりつ》。
目に見えない領域《りょういき》でも繰《く》り広《ひろ》げられた。

人類文明はまさしく、大自然への抗議《こうぎ》。

「神の不正」を罰《ばっ》する難業《なんぎょう》でもあった。
どれだけ時間・労力《ろうりょく》が費《つい》やされか——。
今日《こんにち》、それらに目処《めど》はつきつつある。
勝敗決《けっ》したも同然。
神も初めての屈辱《くつじょく》体験に慌《あわ》てふためき、
居心地《いごこち》好い地上から、とうとう避難した。
只、それで結着《けっちゃく》——とは行かない。
逃《に》げた神を追《お》い、
闘《たたか》う舞台は宇宙へ移る。
ここで「科学」が、絶大《ぜつだい》な力を持つ。
歴史上、科学者達が目指し続けた事とは、
「神への止《とど》め」、そして完全勝利。
彼等誰一人、神を畏《おそ》れない。
「恵み」も「天罰《てんばつ》」も信じない。
そうした曖昧概念《がいねん》に、我慢できない。
あらゆる結論は実験・計算で導く。
現在、地上の支配者は、間違い無く人類。
山や海・森・草原も、人のために有る。

資源だから活用し切らねばならない。
宇宙圏内とて同じ。
太陽系丸ごと、人間管理されるだろう。
科学者が担《にな》う尊い役割――。
彼等の前では、神といえども跪《ひざまず》く外《ほか》無い。
〈もう、その時が近づいた〉と、
大衆《たいしゅう》も実感し始めている。
例えば人類は、かつて、
「青空」という神のまやかしを暴《あば》き、
真の空色は漆黒《しっこく》である――と、証《あか》した。
大地が「地球」という物に過ぎない事も。
「永遠なるもの」から、人の心を解放した。

種明《たねあ》かしされた神威に、信者も変貌《へんぼう》する。
宗教行事を見るが良い。
祭《まつり》当日、皆集まってワイワイ・ガヤガヤ。
老若男女の出し物《だしもの》が競われ、
踊り騒ぐ無礼講《ぶれいこう》も容認されがち。

暴飲飽食は自由。
道徳の枠《わく》からはみ出してしまう。
深い敬《うやま》いの気持ちは感じられない。
むしろ神の面影《おもかげ》を偲《しの》び、憐《あわ》れむ場なのか。
大衆は神に免《めん》じて、日常の緊張《きんちょう》を忘れ、
しょぼくれた神像飾りに安堵《あんど》する。
口先では茶化したり、笑ったり――？
神様も、もう信仰心を当てにできない。
人々の、神を見る目は間接的《かんせつてき》になった。
「お義理《ぎり》」――と言って良い。
そもそも現代市民生活に、
神とのお付き合いは必要だろうか。
居ても居なくても構わない隣人？
しかし、どこか謎めいて、興味深い。
各家庭をこっそり覗いているのか。
人々を羨《うらや》み、あやかりたいらしい。
祭では、丹精《たんせい》込めたお供《そな》え物が贈《おく》られる。
それらいずれも、厄除《やくよ》けを兼ねている。

自分達より下にいる諸々《もろもろ》への配慮《はいりょ》だ。

我々人類全員、「満足」を知らない。
地上あらゆる事柄を知り尽くしたい。
深い地中、遠い宇宙も同じく、
直《じか》に触《ふ》れ、体験するのだ。
味わって、特別旨いからでない。
知る行為が楽しい訳でもない。
「知らない事」への不安に突き動かされる。
未知《みち》領域が残っていたら、落ち着かない。
我々は学び、探究し続ける。
終わり無きハングリー精神。
その貪欲《どんよく》さが、王座を支えて来た。
利益追求ばかりでない。
事故や損失は溢《あふ》れ返る。
それでも決して動きを止《と》めない。
生まれ持った性《さが》——何もかも知りたがる。
「知り過ぎた者」と呼ばれるのも光栄《こうえい》な話。

人類社会で創造《そうぞう》された新しい生命――、
それが電子機器（コンピュータ）だ。
現代、遍《あまね》く電子生活。
大事件発生？
ならば、コンピュータを活用すべし。
ひどい旱魃《かんばつ》。川や池の水が乏しい？
ならば、コンピュータを活用すべし。
不治《ふじ》の病を宣告《せんこく》された？
ならば、コンピュータを活用すべし。
子供の教育問題で悩んでいる？
ならば、コンピュータを活用すべし。
商店から客足が遠退《とおの》いた？
ならば、コンピュータを活用すべし。
電子裁判所
電子大学
電子オーケストラ
電子パーティー

電子レストラン
電子トイレ・電子入浴・電子睡眠《すいみん》　etc.
世の中すべて電子化され、
どう転《ころ》んでも、これから秩序《ちつじょ》が変わる。

「電子」――「生き物」と聞けば、
「ロボット」を想わない者はいない。
実にロボットこそ、人類的進化の見本。
過去と別次元な生態系《せいたいけい》が始まる。
驚くべき可能性を排除《はいじょ》しない。
数十種の動物ロボット、
昆虫ロボット・鳥類ロボット、
魚類ロボット・植物ロボット、
果ては肉眼に見えない細菌ロボットまで　etc.
人型《ひとがた》ロボットにも多様《たよう》さが――。
生《なま》の人間とロボットの交わりにより、
新種出現《しゅつげん》――これぞ「人の子」？
赤ちゃんロボットから幼児ロボットへ、

青少年ロボットから成人ロボットへ、

やがて、

中年ロボットから老人ロボットへ――。

その変容《へんよう》たるや如何に？

考えただけで楽しい。

ロボット胎児《たいじ》は、どうやって生まれるか。

いや、そもそも、

ロボット男女の識別点《しきべつ》は何か。

ロボットの食事・排泄《はいせつ》とは？

ロボットの心身の病気とは？

ロボットのスポーツ鍛錬《たんれん》とは？

いずれの疑問《ぎもん》も、

人類が責任を持って解決するだろう。

両者は運命共同体《きょうどうたい》。

ロボット教会では当然「人」が祀《まつ》られる。

人類にいよいよ、

完全無欠《かんぜんむけつ》の時代が訪《おとず》れる――？

いや、……まだまだ油断大敵《ゆだんたいてき》。
早合点《はやがてん》すべきでない。
どっこい「神」は、ちゃんと生きている。
今尚《いまなお》、人手《ひとで》及《およ》ばぬ聖域に隠れ、
喉《のど》が鳴《な》る程《ほど》、旨《うま》い汁《しる》を炊《た》いて用意し、
虎視眈々《こしたんたん》と、世間カムバックを狙う。
地上一般の支配を、既《すで》に諦《あきら》めた。
しかし「あの世」となれば、話は別。
人間誰一人、未《いま》だ神に太刀《たち》打ちできない。
〝来世利権《りけん》〟は蜜《みつ》の味《あじ》！
巧妙《こうみょう》な分断作戦が進行中――。

古今東西、年齢・性別問わず、
一握《ひとにぎ》りのエリートは死後、天国へ行く。
入口で、神が丁重《ていちょう》に出迎《でむか》える。そして、
「高級《こうきゅう》人類」のみ、身分証明書を手渡される。
あの世で楽に暮らせる優待券《ゆうたいけん》だ。
階層《かいそう》差も、ますますはっきりする。

凡人達は、両界の境目《さかいめ》あたりで、
為《な》す術《すべ》無く右往左往するばかり。
優遇《ゆうぐう》されるのは政治家・芸術家・資産家、
卓越した技術者・スポーツ記録保持者《ほじしゃ》等。
そこに大概《たいがい》科学者も含まれる。
だが、因縁《いんねん》恐《おそ》るべし。
これを、喜び勇んで受けたが最後、
磨《みが》かれた心の剣《けん》は捨てざるを得ない。
即ち、神へ向け続けた強い敵意《てきい》を――。

人類文明の波及《はきゅう》性は留《とど》まりを知らない。
いずれ「あの世」も、野放《のばな》しでなくなる。
超特殊な電波を継続《けいぞく》発射、
「住民達」の意思に、きつく作用《さよう》させ、
こちら側からコントロールし出すだろう。
コンピュータ性能如何《いかん》にかかって来る。
「あの世」をデジタル管理――。そのため、
「幽霊ロボット」の製作《せいさく》研究も進む。

これは人型ロボットの廃材《はいざい》から造られる？
いや「透明人間《とうめいにんげん》」的な形態のものか。
透明なロボットの部品交換《こうかん》・修理は大変。
あちらで電池切れの際、充電をどうする？
電源も透明――だとすれば、
やはり「電波」に全面依存《ぜんめんいぞん》する外《ほか》無い。
「ロボット幽霊」の大量生産、
〝現地〟へ送り込んだ後、領事館《りょうじかん》を開く。
美形《びけい》の天使を集め、事務所で雇《やと》う。
給料は働《はたら》きに応じ、大幅な差がつく。
天使達に「儲《もう》ける」喜びを教えよう。
理数系教育も施《ほどこ》して名誉《めいよ》心を養《やしな》い、
また「地位」の旨味《うまみ》を巡《めぐ》る競争も――。

只、現在、まだ地理《ちり》的な面すら模索《もさく》状況。
「あの世」が一体どこなのか、
「この世」との時差《じさ》は？　――皆目《かいもく》掴めない。
その点、神様は凄い。

いつ、どこでも分《わ》け隔《へだ》て無く、
両界を容易く行き来できる。
その目には「境界線《きょうかいせん》」も見えないようだ。
むしろ「あの世」を根城《ねじろ》とし、
気が向けば、この世を外回りして遊ぶ。
人数・男女別問わず、好きな時、
好きなだけ、人々を連れ帰る。
「あの世」へのヘッドハンティングだ。
異界間コミュニケーション・勧誘《かんゆう》――、
その自在妙技《みょうぎ》は、並ぶ者無し。

プレイボーイぶりも発揮《はっき》。
何と、人間のうら若き処女《しょじょ》と付き合い、
結婚して、子供までいるのだ。
案《あん》の定《じょう》、幼時より「生き神」扱《あつか》いされた。
神はこの妻子《さいし》に、或《あ》る手応《てごた》えを感じる。
もしや、精神面での人類の丸《まる》め込《こ》み支配を？
生身《なまみ》の人でありながら、

妻子共、両界を自由に行き来できる。
特に息子は「この世」への執着《しゅうちゃく》薄《うす》い。
まさしく父の生き写《いうつ》しと言えよう。

仕掛《しか》けは、これだけでない。
神は「あの世」用の身分証明書を、
「この世」で、有料発行し始めている。
ターゲットは——高位《こうい》で、裕福《ゆうふく》な科学者。
積年《せきねん》の怨《うら》み重なる「天敵《てんてき》」だ。
彼等に、死後の安全を約束《やくそく》して安心させ、
「心の牙《きば》」を鈍《にぶ》らせてしまう。
おまけに、たんまり寄進《きしん》が入る。
あげくは「あの世」旅行ツアーへ招待《しょうたい》。
「あなた自身の死後世界を、
一度、覗《のぞ》いてみませんか?
とてもワクワク——充実していますよ」——
身分証明書を携《たずさ》えた客達が、「我こそ」と、
船に、どんどん乗り込む。

しかし、乗客大半《たいはん》が気づかない。
その船の、客数に似合わぬせせこましさ、
そして、「往復」でなく片道切符の乗船。

世の、良識《りょうしき》有る皆様方《みなさまがた》、
神の名を騙《かた》る人（偽開祖《にせかいそ》）よりも、
人になり済《す》ました（本物の）神に御注意！

宇宙経営論

秋も終わり近い頃、夜更《よふ》け、
晴れ澄んだ空を見上げ、
公園ベンチへ腰掛《こしか》けて過ごす。

ここにいると、時が経つのを忘れる。
視界《しかい》を埋《う》め尽《つ》くす大小無数の星群。
輝く色も、星同士で微妙《びみょう》に異なる。
まさしく「星天井《ほしてんじょう》」
それらが、すべて一《ひと》まとまりに思えたり、
一個ずつ別々の〝顔〟に思えたり――、
全体的な何か動きや流れを感じたり。
――冷静に考えれば「永遠の静止状態」?
心の奥へ、常時語りかけられるようであり、
しかし「会話」は、未《いま》だ成立せず……。

いずれにせよ、私にとり、
星とは、或《あ》る特定一個を指すものでない。
「星達」全員なのだ。
あらゆる星達が、私を――いや、
私達を見下ろしている――そう実感する。
小脇《こわき》に望遠鏡を携《たずさ》えて来た。
今夜は、晴れ具合が格別《かくべつ》。
これ程鮮明な満天《まんてん》の星を前に、
興味尽きない――どころか「より膨《ふく》らむ」
実を言うと「俄《にわか》天文学者」の心境《しんきょう》である。

正直、悔《くや》しい……。
これも「プロとアマの差」か。
小遣《こづか》い叩《はた》いて買い入れた、この望遠鏡、
悲しいかな、「星座《せいざ》」が見えないのだ。
現代光学《こうがく》技術の発達は目覚ましい。
図鑑の写真には、星座も載っている。
例えばオリオン座。

「四つ星」を結《むす》ぶ白い直線が、くっきりと！
もっと詳しい本はオリオン自身の顔立ち、
衣《ころも》の襞《ひだ》まで細密に撮られた写真を有する。
琴座《ことざ》・水瓶座《みずがめざ》・双子座《ふたござ》・魚座《うおざ》――。
せめて輪郭《りんかく》まで見えなければ、意味無い。
今は肉眼で「あれが」「あれが」と、
憶測《おくそく》の型辿《かたたど》りする位が精一杯。
考えてみれば星座を成す星達は、
一体いつ頃から、どうつながったのか。
あの白い線は光の帯《おび》か、はたまた物質か。
その延長《えんちょう》距離――何十光年――？

もう一つの疑問――星は、なぜ丸いか？
いや、丸く見えるだけかも知れない。
長方形や三角形の星が有ってもいい筈。
残念ながら宇宙写真で、まだ出会えない。
望遠鏡でも……。
しかし絶対、「丸」だけじゃないぞ。

特に「星」と聞けば思い浮かぶ、あの形《かたち》。
私はこの望遠鏡で、必ず捜し当てたい、
☆――「五芒星《ごぼうせい》」
勿論、見つかった暁《あかつき》には写真収録《しゅうろく》する。
あの突起の長さも測ろう。
一本で、中心から何百万キロメートル？

最近、少し気になる話を聞いた。
宇宙の成り立ちにまつわる新説。
まだ当分、極秘《ごくひ》だが、来年発表される筈《はず》。
もし、そうなら学界《がっかい》を揺《ゆ》るがしかねない。

何と、「太陽を創ったのは人類」らしい。
我々の祖先《そせん》でなく、〝先代《せんだい》人類〟？
一民間企業名もクローズアップして来た。
「日丸《ひのまる》サンライズ株式会社」――。
（以下「日丸社」と記述？）
同社の核融合《かくゆうごう》プロジェクトに由来《ゆらい》する。

新エネルギー開発が実《み》を結《むす》んだようだ。
企画遂行《すいこう》に要した資金は如何程《いかほど》か。
何百億年分、ローンを組み、
銀行何百万社が落札できたか？
想像するだけで気が遠くなる。
そうした経費面も、解明されつつある。
黒点《こくてん》周囲のガス濃度《のうど》が決め手。只……、
「経済化学」分野は、まだ研究が足らない。
「経済量子《りょうし》力学《りきがく》」となれば、もうお手上げ。
太陽本体の原価《げんか》計算は、容易《ようい》でない。

それにしても世界史上、近世《きんせい》以降、
天文学者達の覚醒《かくせい》は凄かった。
彼等による「中世からの脱皮《だっぴ》」とは？
「神様がすべて」でない、と割り切った事。
否、もっと進んだ観点《かんてん》——、
「神様なんて、いない」真理《しんり》の追求《ついきゅう》だ。
若き天才達が夜空を見上げる時、

その目には、或る星の地上で、
長い道路《どうろ》渋滞《じゅうたい》が映った――と言う。
現代の大望遠鏡でも、そこまで掴《つか》めない。

古来、人類は星空の彼方《かなた》に憧《あこが》れて来た。
しかし、詰《つ》まる所《ところ》、
天文学が目差す究極《きゅうきょく》とは、
異星人の発見、そして接触《せっしょく》する事だろう。
「彼等と言葉が通じた後」に着目《ちゃくもく》したい。

異星人の死生観・恋愛観・青春観、
異星人の社会問題・教育問題・政治状況、
異星人の家族関係――親子兄弟・夫婦間、
社内関係――上司と部下・出世物語――。
衣食住はじめ市民文化全般《ぜんぱん》、
マスコミ・娯楽・スポーツ――。
将来、大人気を勝ち誇る若手芸能人は誰？
科学雑誌上で、各論厳《きび》しく闘《たたか》わされ、

結果、スター誕生《たんじょう》を証《あか》す数式も成立。
中学生理科で必須《ひっす》化される。
（正式名称「アイドルの定理」）
他、クイズ・ゲーム番組の正答率《せいとうりつ》等――。
（「タレントの定理」）

取り分け刺激的なのは経済活動だ。
そこで金《かね》と情報が、限り無く渦巻《うずま》く。
一つ、忠言《ちゅうげん》させて貰《もら》いたい。
彼等との交《まじ》わりに性急《せいきゅう》は禁物《きんもつ》――という事。
間違っても「星の買収《ばいしゅう》」等を考えない。
投機過熱《とうきかねつ》し、一時的ブームに終わり易《やす》い。
今後、国際経済の主軸は、
「海外貿易」から「異星間貿易」へ移る。
これまで、「暗黙《あんもく》の了解《りょうかい》」が通じた。
お互い「『同じ地上』の一員」として、
少々一方的な利害関係も、加減《かげん》できた。
ところが今度は「地球外貿易」

我々は先天的《せんてん》に、相手星を知らない。
相手星の人間も、我々を知らない。
先《ま》ず、相手を知り尽くし、
己をしっかり伝える工夫《くふう》が欠かせない。
目指す所は、純粋な「利益」である。
そのためにも、誠意《せいい》が大切。
がむしゃらな儲《もう》け主義は、誤解《ごかい》される。
そもそも、どんな商品が売れるか？
それは我々の独善《どくぜん》でなく、
相手星に住む人々の、需要《じゅよう》が手がかりだ。
勝手な判断で、無理に押しつけたら駄目《だめ》。
返品《へんぴん》――在庫《ざいこ》の山となる。
全然、生易《なまやさ》しくない。

片や、相手星人から売り込みを受ける。
果たして「買いたい物」は有るのか？
小手先《こてさき》の営業活動が無力と化す場面。
〝騙《だま》しのテクニック〟も、出番が来ない。

あくまで実体経済で以て臨《のぞ》むのみ。
今こそ、声《こえ》を大《だい》にして唱《とな》えたい。
宇宙にて、販売力を得る方法は只一つ。
異星人の知恵《ちえ》をフル活用するべし。
地球人スタッフのみで片づくと思うな。
異星の事柄《ことがら》は、現地《げんち》異星人が知っている。
「需要」等、情報も彼等から直接《ちょくせつ》貫おう。
一言《ひとこと》「異星」と述《の》べても、千差万別《せんさばんべつ》。
各々が特有の「お星柄《ほしがら》」で彩《いろど》られ、
また各星内に多数、国々や民族を擁《よう》する。
「紛争地帯」も、無い訳でない。
生まれつきの住民なら、勘《かん》が働くだろう。
地球人が推測するより、ずっと的確《てきかく》。
尤《もっと》も、ブローカー的な巧者はいるらしい。
しかし「お付き合い」の効果が大きい。
条件次第《じょうけんしだい》で、こちらへ住まわせて良い。

「非常勤《ひじょうきん》社員」として雇《やと》ってはいかがか？
とにかく、交易する星さえ決まれば、
そこの人々と信頼関係《かんけい》を築《きず》く——。
経済は、その信頼——即ち「信用」が命。
複数の星と交易する場合も同じだ。
「信用」を強化できて初めて、
多星間の経済連携《れんけい》——共同通貨、そして、
「宇宙為替相場《かわせそうば》」が回り出すだろう。
「宇宙株式市場」も然り。
情報電波が毎日、全方位《ぜんほうい》に駆《か》け巡《めぐ》り出す。
宇宙を「暗黒の未知な異界」でなく、
「限り無く広い商圏」と捉《とら》えるべきだ。
輝く星一つ一つ、異なる需要《じゅよう》を秘める。
異星人達が我々に、何を求めているか、
我々が彼等から、何を得たいのか——。
彼等といつまでも、豊かに触れ合う事、
そこから「宇宙の心」を理解したい。

晩秋、夜更け。
自宅近い小公園内で、ベンチに寛《くつろ》ぐ一時《ひととき》。
満天の星と、直《じか》に向かい合いながら、
どこか、やるせない想《おも》いも抱《いだ》いている。
――我々は歴史上、既にかなり長く、
大切な事を置き去って来たのだろうか？
世に根づいた諺《ことわざ》から、そう感じる。
〈時《とき》は金《かね》なり〉――
（事典により「時は株券なり」とも）
近代文明が社会にもたらした恩恵《おんけい》、
それは「スピードアップ」――
所要《しょよう》時間を短縮《たんしゅく》できた事。
交通機関の著《いちじる》しい発達に象徴《しょうちょう》される。
「地球が狭《せま》くなった」と、喜ぶ輩《やから》さえいた。
「時間短縮」＝「空間短縮」
当事者にとり、正しい道筋《みちすじ》かも知れない。
両者を、都合良く混同《こんどう》できるものか？
「空間」は、考えようで変幻《へんげん》自在。

しかし「時間」は――、
実の所、見えない仕切《しき》りを持つ。
これまで「地球内」で文明発達した。
これからは「地球外」へ、舞台が移る。
時間の秩序《ちつじょ》も変わる事を見逃せない。
異星にて人が暮らす、という事情を――。

例えば「火星」
そこは一日＝ほぼ二十四時間。
しかし一年＝三百六十五日でなく、
一月＝約三十日でない。
第一、「お月さん」役がいない。
火星独自で、暦《こよみ》を欠かせなくなる。
「紀元〇〇年」――我々のそれとも、全く別《べつ》。
「火星への集団移住を急げ」とは言わない。
しかし案外、遠からず、
火星・地球間に〝定期航路〟が開かれ、

「千人乗りロケット」が行き交うだろう、格安運賃《かくやす》で。

かつて大航海時代、
世の強者《つわもの》船乗り達は「黄金《おうごん》の国」目指し、
あくなき物欲・金銭欲、
そして名誉心・勇気に支《ささ》えられ、
終わり無き旅へと、生涯を捧《ささ》げた。
今、宇宙時代、我々の代表者達も、
「次なる大航海」をスタートさせた。
きっと「黄金の星」大目標が――。

そう言えば、こうして望遠鏡で覗く夜空、
丸く丸く輝く星達が皆、コイン……、
純度高い金貨に見えてもおかしくない。
私は感動を以《もっ》て、こう表現したい、
〈時は金《かね》なり。
されど『空《そら》』も金《かね》なり〉――

ところで、件《くだん》の学説に、補足《ほそく》解説が付く。
太陽の所有権は未《いま》だ、日丸《ひのまる》社に残り、
また日丸社自体も代々、組織形態を変え、
商号も変えつつ、今日《こんにち》まで営業している。
ならば我々現人類は代々、同社に莫大《ばくだい》な、
「太陽光使用料」を滞納《たいのう》して来た訳だ。
これは当然、支払わねばならないが――。

狼煙《のろし》

戦《たたか》え！

戦っている間、「己《おのれ》」を忘れられる。
戦っている間、「相手」を忘れられる。
「真実」も忘れられる。
「情《なさ》け」も「敬《うやま》い」も忘れられる。
「愛」も「施《ほどこ》し」も忘れられる。
真実は「現実」に結晶《けっしょう》した。
「勝つか、負けるか」──
どちらでしかない。
負けた者は、如何に善良《ぜんりょう》でも醜《みにく》く、
勝った者は、如何に無慈悲《むじひ》でも尊《とうと》い。

戦え！

戦わなければ、心が腐《くさ》る。
ふと、うっかり立ち止まり、
己を振り返ったら、
その正体と直《じか》に向き合ったら、
背後から絶望が忍《しの》び寄《よ》り、
いつ襲いかかるか——牙《きば》を研《と》ぎ澄ます。
身の程知る過《あやま》ちを犯さないためにも、
戦え。そして、勝て。
卑《いや》しい己に打《う》ち克《か》て。

もし幸福が、どこかに有るなら、
もし希望が、どこかに有るなら、
それは「勝つ事」のみ——しかも、
「優勝」を以てのみ示される。
勝ち馴《な》れた者にとり、
「優勝」以外は負けに等しい。
「勝ち」——即ち「価値」
「勝ち」無き暮らしに価値は無い。

戦え！　勝て！

勝ち続け、上位を得よ。
上位を得るまでは本物の「勝ち」でない。
上位を得たら、今度は、
王座を目指せ。
王座に届かぬ「勝ち」は、
まだ、本物でない。
もし、王座を得られたなら、
それを保つためにのみ戦うのだ。
一時の王座は、称賛《しょうさん》に値《あたい》しない。
意思や体力が衰《おとろ》えようと、
若い世代がのし上がろうと、
休息《きゅうそく》の理由にならない。
「怠《なま》け」は即、「負け」に通じる。
「負け」を感じたら、もはやそこで終わり。
絶望に呑《の》み込まれる。

自《みず》らくじけないためにも戦い、
勝ち続け、そして、
永遠に前進する事。
我々は、生きるために戦うのでない。
戦うために生きている。

狼煙《のろし》を上げよ。
あちらからも、こちらからも——。
戦いが始まる。
勝利は近いぞ。
戦いは「勝ち」を、未来に約《やく》してくれる。
条件どうか——考えなくて良い。
実力どうか——考えなくて良い。
この、高ぶる気持ち、一体感、
仲間の笑顔——。
力合わせ、皆、心一つになる時、
それだけで、もう勝利を味わっている。
戦いはいつも、勝つために行《おこな》う。

相手が絶望的に大きかろうと、
我々全員、命果《は》てようとも、
今日《きょう》——この日は、後世《こうせい》語り継がれ、
いつまでも輝き続けるだろう。

第二部

業煙《ごうえん》　――遥《はる》かなる黒い柱《はしら》――

大都会ど真ん中。
広い「街外《まちはず》れ」を実感させられる。
区画された空地《あきち》に他ならない。
以前、賑《にぎ》やかだった所。
通行人と住民と、物流で噎《む》せ返《かえ》っていた。
今、建てかけの高層ビル群が、
何年間も、
同じ間隔《かんかく》で、疎《まば》らに占める。
ここは、もはや「都市遺跡《いせき》」か？
広々とした〝空地原〟
向こう側は隣の市域だ。
やはり、古いビル無く。
新しいビルも、僅《わず》か点在するのみ。

都心から港方面へ外れたあそこ――。
大空へ向け、凄《すご》い黒煙が立ち昇《のぼ》る。
正体は――誰にも分かり得ない。
とにかく今、集落一帯が燃えている。
天まで届きそうな、太長い一筋の〝黒竜《こくりゅう》〟
地上近辺で数本枝分かれし、
各々、朱《あか》い炎光が絶えずきらめく。
そこも、間違い無く大都会圏だった。
店や、家々や学校が建ち並び、
子供同士、大人同士、
親しく結びつき合っていた筈《はず》。
懐かしさや誇り、生涯的体験の数々――。
長く続いた華やかな市民生活もろとも、
煤《すす》や灰となり、天へ放たれる。
真昼か、いや真夜中か……鈍《にぶ》過ぎる青空。
地平線上から差し照らす陽光。
朝日とも夕日ともつかない。
永遠に低く留《とど》まる気配だ。

それは、避《さ》けて通れない定めか。
単なる忌《い》まわしい禍《わざわい》に非《あら》ず、
どこまでか知れぬ程、高い縦向きの暗黒。

「あれは一体、何町だろう?」――。
近所や、遠くから集まった十数名の住民。
勝手気ままな憶測《おくそく》で語り合う。
立場抜きに皆、ここでは野次馬《やじうま》と化した。
状況を、よく知るらしい人がいる。
私の左隣に立った女性。一見《いっけん》して若い。
積極的――観光ガイドを思わせる口調だ。
一々、質問に答え、淀《よど》み無く説明できる。
厚く巻いたショールから覗く顔。
時折、私にもちらっと目くばせし、
高い声でスラスラ喋《しゃべ》り続ける。
突然、私は気づく。
〈雅美か……〉

二十年余り前、同じ職場に勤めた。
最初、新顔《しんがお》の私に、大変優しかった。
私は当時、転勤が叶《かな》ったばかり。
長い長い前職場は人間環境がひどかった。
私の内気・お人好《ひとよ》しな性格も孤立《こりつ》原因。
ようやく解放《かいほう》――いや、「出所《しゅっしょ》」に近い。
みじめさに凝《こ》り固《かた》まっていた。
当然、まだ周《まわ》りの誰とも打《う》ち解《と》けられない。
自由で捌《さば》けた新職場が、只々眩《まぶ》しく、
敷居《しきい》高《たか》い領域《りょういき》に思える。
初対面《しょたいめん》の雅美は、私と同じ年。
周りの誰よりも笑顔で遇《ぐう》し、立ててくれる。

雅美は職場の世話役《せわやく》的な存在《そんざい》。
課長に近い席で、重要連絡を受け持ち、
いつも目立つ「姐《ねえ》さん」だった。
子供こそいないが、新婚二、三年らしい。

そんな彼女が〝お上《のぼ》りさん〟の私を――。
単に珍《めずら》しいから――じゃないのか？
同情的な心遣《こころづか》いでもない。
私はいつしか、癒やされて行った。
雅美の華やかさに甘えてしまった。
過去の不遇《ふぐう》が、彼女の前なら忘れられる。
仲間内《なかまうち》で孤独とならずに済む。
私の前の彼女は、芝居気《しばいけ》が無くなる。
むしろ素朴に、理解を求められる心地。
不思議だ。どちらが元々の気性か――。
私をわざわざ憐《あわ》れんでくれる人でなく、
ならば家族同様、遠慮《えんりょ》抜《ぬ》きの間柄《あいだがら》？
特にそう感じる事も無い。
しかし、嬉しかった。
雅美はやや小柄で、テレビ・タレント風。
頭の回転速く、
あまり、雰囲気《ふんいき》に流されない。
高い声と、気さくなぽっちゃり顔。

料金受取人払郵便

新宿局承認

1408

差出有効期間
2021年6月
30日まで
(切手不要)

郵便はがき

160-8791

141

東京都新宿区新宿1－10－1

(株)文芸社

愛読者カード係 行

お名前《ふりがな》		明治 大正 昭和 平成	年生 歳
ご住所《ふりがな》	□□□-□□□□		性別 男・女
お電話番号	(書籍ご注文の際に必要です)	ご職業	
E-mail			
ご購読雑誌(複数可)		ご購読新聞	新聞

最近読んでおもしろかった本や今後、とりあげてほしいテーマをお教えください。

ご自分の研究成果や経験、お考え等を出版してみたいというお気持ちはありますか。

ある　ない　内容・テーマ(　　　　　　　　)

現在完成した作品をお持ちですか。

ある　ない　ジャンル・原稿量(　　　　　　　　)

書　名				
お買上 書　店	都道 府県	市区 郡	書店名	書店
			ご購入日	年　月　日

本書をどこでお知りになりましたか?

1.書店店頭　2.知人にすすめられて　3.インターネット(サイト名　　　)

4.DMハガキ　5.広告、記事を見て(新聞、雑誌名　　　)

上の質問に関連して、ご購入の決め手となったのは?

1.タイトル　2.著者　3.内容　4.カバーデザイン　5.帯

その他ご自由にお書きください。

(　　　)

本書についてのご意見、ご感想をお聞かせください。

①内容について

②カバー、タイトル、帯について

弊社Webサイトからもご意見、ご感想をお寄せいただけます。

協力ありがとうございました。

お寄せいただいたご意見、ご感想は新聞広告等で匿名にて使わせていただくことがあります。

お客様の個人情報は、小社からの連絡のみに使用します。社外に提供することは一切ありません。

若くても〝可愛いおばさん〟に見える。
私は次第次第、気が大きくなり、
彼女への親しみも〝当たり前《あたりまえ》〟と化した。
職場で、一番輝いている彼女、
片や、もっさりして一番冴《さ》えない私。
そんな組み合わせも面白いか、と――。

当時、大変景気が良く、
世の中全体、どこか浮かれ気分だった。
職場仲間で、よく飲食会が催《もよお》され、
引《ひ》っ込《こ》み思案《じあん》な私も、誘われて参加した。
座る席はいつも、雅美の横を選ぶ。
そうすれば、お互い安心でき、
仲間の宴《うたげ》も、きっと盛り上がる筈――。
脇役を誇らしく思えてくる。
彼女が、より映えるためにも、
相棒は、やはり、
パッとしない私がふさわしい？

そう思うと妙な自信が湧き、
私の振《ふ》る舞《ま》い方が大胆にすらなった。

しかし彼女は、どうやら本気だった。
仕事の分担《ぶんたん》見直《みなお》し時期、座席替えが伴う。
何一つ問題点無かろう雅美、
自ら希望し、何と、片隅――、
私の真《ま》ん前《まえ》まで移って来た。
不動だった「秘書」格の定席から……。
そして程無く、離婚手続きをした。

彼女は家庭内の不和が溜《た》まっていた。
人なつっこいお茶目《ちゃめ》顔の裏で、
切実《せつじつ》な危機を迎《むか》えていた。
そんな一面をオクビにも漂《ただよ》わさず――。

傍目《はため》にも、今後の筋書《すじがき》が読めそうだった。
私が果たす役割――、

それは彼女と〝駆《か》け落《お》ち〟する事?
信じられない浮《う》き世《よ》の流れ。
私はうろたえ、要領《ようりょう》を得ない。
つい先頃まで、軽い「仲良しコンビ」
彼女の人望と、私の寛容《かんよう》さが釣り合った。
お互い、相手を自由に理解できる。
それが「無二の恋人」に変わったら――。
一方的解釈のみで通用しない。
良くも悪くも中身を試《ため》される。
私自身は丁度、回復途上だった。
まだまだ病《や》み上《あ》がり者《もの》。
退院し、「自宅療養中《りょうようちゅう》」といったあたり。
正直、毎日出社し、働く事が精一杯だ。
慰《なぐさ》めや、気休め程度の触《ふ》れ合いは有り難い。
誰かと強烈な私的関係?
そんな覇気《はき》なぞ全く持ち合わせない。
もうしばらく経過《けいか》を待ってくれたら、
いずれ、自ずと芽生《めば》えた事だろう。

しかし彼女は、今や真剣そのもの。
私を頼る気持ちに傾いてしまったらしい。
十中八九、間違い無く、
私にとっても貴重《きちょう》過《す》ぎる機会だ。
内心矛盾《むじゅん》しつつ、できるだけ応《こた》えてみた。
なぜか余計《よけい》な勇気が伴《ともな》う。

日常的なやり取りが気遣《きづか》わしい。
「目立つ女と、のんびり男」の名コンビ？
そんな拵《こしら》え事は崩《くず》れ始めていた。
仲間を活気づけた掛《か》け合《あ》いも、もう無い。
彼女は、あの「心易い笑顔の世話役」から、
影も棘《とげ》も持つ一個人へ戻っている。
対する私は、まだ、打つ手無いまま。
修理途中、底穴だらけの船に等しい。
漕《こ》ぎ出しても、溺《おぼ》れ人を救えない。
二人特有の会話が聞かれなくなった。

〝素顔〟の雅美は結構、神経質《しんけいしつ》。
むしろ取《と》っ付《つ》きにくい受け答えだった。
お互い誤解が重なり、
心なしか重苦しい空気を招《まね》く。
目の前の席から彼女は、半年後、
年下男性と付き合い出し、
目出度《めでた》く再婚にこぎつけた。
随分《ずいぶん》、色々なきっかけが噂された。
私への当《あ》て付《つ》けは確かだろう。
あまりに鈍く、情《なさ》け無《な》い相棒――。

あの離婚後、雅美は絶えずピリピリし、
別人《べつじん》と化していた。
以前、みじめな私を包《つつ》んでくれた彼女。
今度は自分が包まれたいみじめさだった？
私は己を安住《あんじゅう》させたいばかりに、
「相手の事情」まで全然察《さっ》していなかった。
度量《どりょう》に欠ける――元々無い訳でない。

いや、人一倍備《そな》わっている筈。
それら全部、麻痺《まひ》していた。
青春後、世間《せけん》運は悪過ぎた。
もう少し、人並みゆったり成長でき、
時間さえ与えられていたら……。

もしかしたら離婚原因も、
雅美自身だったかも知れない。
大勢《おおぜい》に囲《かこ》まれる場で、一際《ひときわ》輝く彼女。
一方、黙《だま》っている横顔は意外と暗い。
気分の浮き沈みが激しいのか。
好き嫌いや、奇妙な癖《くせ》も？
自己抑制《よくせい》し、社交派を演じて来たらしい。
彼女の事情とは、「地《じ》」を隠し続ける事。
私はそこでこそ、目覚めるべきだった。

こうしている間も、黒煙は、

竜《りゅう》がとぐろを巻《ま》くように太く、長く、
天を焦《こ》がし立ち昇《のぼ》り続ける。
先程より却って勢いを増している。
西陽《にしび》が、けだるく照る中、
本当に今、昼か夜か掴《つか》めない。
煙で青空が一部、「黒空《くろぞら》」と化している。

数十名集まった群衆《ぐんしゅう》的人々から、
まるで私一人を選び、左隣へ来た女性。
雅美だとすれば、もう立派な中年。
そんな素振《そぶ》り一切《いっさい》無く、初々《ういうい》しい。
私の混沌《こんとん》とした気分を覚《さと》り、
何か説明する必要を心得た感じだ。
口調《くちょう》はおしとやかで、親しみ深い。
端々《はしばし》に観光ガイド気取りすら窺《うかが》える。
あたかも〝現場《げんば》案内嬢〟――。
やや伏《ふ》し目がちに遠景を見つめ、
時折《ときおり》、こちら側へも顔を向ける。

親しく、心の奥底まで覗くように——。
私も何か質問しかけると、
思い浮かぶだけで内容察知《さっち》し、
即、答えてくれる。
「あそこが、かつて私達の勤めた会社」
と、驚く事も平気で明かす。
楽しさ・気まずさの回想《かいそう》を伴《ともな》わず、
只つらつらと、事実のみ辿《たど》って行く。
数年間、仲良く一緒に仕事した。
その記憶で私達は一致できる。
見つめる遥《はる》か南方——いや、西方？
とにかく、あそこ——中層ビル街で、
過去の雅美、そして私も、炎に包まれ、
灰や煤《すす》となり、空へ舞い上がりつつある。
明らかに禍《わざわい》の現場を目撃している。
彼女は笑い一つ無く、また騒《さわ》ぎもしない。
むしろ心和《なご》むやり取り。
そんなものなのだろうか。

あれ程、不吉な煙柱《えんちゅう》を前にして――。
それより雅美と再会した偶然さ。
しばし、我が心理を見守ってくれる？
こうやって次々、思うまま、
得意の物知《ものし》り・お喋《しゃべ》り術を披露《ひろう》。
勿論すべて、相手に受け入れられる。
昔、同僚《どうりょう》だった場でも、
本気で彼女を慕《した》った男は、私に違いない。

雅美の表情は依然《いぜん》、逸《はや》りを帯びない。
何か欲得ずくから始めた交流《こうりゅう》でない。
手持《ても》ち情報は、惜しまず提供してくれる。
その間ずっと、
或るビル屋上の鉄柵《てっさく》に寄りかかり、
遠い大火事を眺めながら、並んで立つ。
二人共、同じ光景が目に入り、
同じ一現象《げんしょう》から、それぞれ感慨を抱く。
〝一現象〟とは、「過去」の炎上・滅亡か。

良い事・悪い事――、
そこに、幾らか真実が含まれていた。
彼女も底知れなく不安だろう。
誰かに語り、紛《まぎら》わせる機会なのだ。
今、私の役どころは……。
あれから彼女、順調生活だったか。
もしや、またもや離婚しかけ、とか？
いずれにせよ、私には、
今、隣《となり》にいる雅美のみ「本物」、
独特の社交性も、ちゃんと生きている。
プライベートな事柄は二の次。
たまたま居合わせただけで、
楽しくなりそうな期待を催《もよお》す。
「恋人《こいびと》」と呼べる程でなかったけれど、
お互い助け合った時代を確かめられる。
きっと、隠れた相性が働いている筈。

世の中が、根こそぎ変わりつつある。

昔――あの頃は、
どこで、何をやっていても、
何が起きても、起きてくれなくても、
「自己」として、そこそこ振る舞えた。
時には遊びや酒でごまかす外《ほか》無い。
不利な境遇の中、我慢《がまん》を楽しんでいた。
真には分かり得ないまま、
しかし、人の情《なさ》けを有り難く味わい、
良き思い出も沢山残った。
それら舞台だった街が、凄《すご》い炎に包まれ、
黒煙と化し、とぐろを巻いて、
夕方とも未明《みめい》ともつかない虚《うつ》ろな青空へ、
どんどん昇《のぼ》って行く。
早く治《おさ》まって欲しい、と、皆が祈る正面、
地上を這《は》う光の帯《おび》は広がり、伸びている。
一体あそこは、これからどうなるのか。
全市規模の災害なら、遠からずここも、
大量に煤が降《ふ》って来ておかしくない。

為《な》す術《すべ》無く、只集まり、
漫然《まんぜん》と騒ぐだけの小群衆。

幾分お洒落《しゃれ》姿で雅美は登場していた。
黙《だま》った時の目や口元も、二十年前と同じ。
構《かま》えず、しっとり落ち着いた普段《ふだん》顔。
できれば一度聞いてみたい。
今、彼女には、あのずっと向こう――、
狂おしく長い巨大黒煙柱と併《あわ》せ、
我等《われら》が行《ゆ》く末《すえ》もくっきり見えているだろう。

地方放送の福音《ふくいん》

朝一番《あさいちばん》――いや「朝三番」の時間帯。
地方放送局の「ニュース」を聴《き》く。
取材先は、私も生まれ育ったこの県内だ。

つい昨日発生した事件も、
事故や災害も一切登場しない。
スポーツ試合結果然《しか》り。
有名人や学者先生が、どう発言しようと、
海外で何が起きようと直接《ちょくせつ》関係無い。
〝我が郷土〟限定《げんてい》の内容ばかり。
最近約一週間から拾《ひろ》った様々な話題。
主に経済・文化の動向が語られる。
決して観光目的だけでない。

「お馴染《なじ》み」の地名も満ちている。
今や世間では私のみぞ知る？　あの響《ひび》き。
かつて少年時分、茶の間でもよく聴いた。
各地名から、風景のイメージも浮かぶ。
それは紛《まぎ》れ無く母から伝わったもの。
母が口にすると、私の心内でも――。
反応を、母はちゃんと読んでいた。
私が一番熱中性――という事も。
町固有《こゆう》の魅力や〝癖《くせ》〟等。
むしろ恥ずかしい「珍名所」も含まれる。
私達は同じ空間に籠《こも》り、
心一つになれた。
同じイメージ風景内のあちこち指差《ゆびさ》し、
感慨を共有できた。
一家庭の、大切な営みに違いない。

郷土には、住む人々の意識が生きている。
市町だけでなく、県にも勿論栄えて欲しい。

なぜか「全国一《ぜんこくいち》」の値打ちを信じ切る。
情報すべて、他所《よそ》より誇らしい。
――「あの駅前商店街が――」
「中小企業群の工業地帯で、新たに」――
「勇壮な秋祭りが今年も、また」――
海岸――突堤《とってい》から船出《ふなで》する漁師達。
波に映える朝日眩《まぶ》しく、
空気全体、潮風《しおかぜ》の香りに染《そ》まっている。

「地方ニュース」は、暗い話題を扱《あつか》わない。
扱っても、改善《かいぜん》ぶりの紹介となる。
平凡で小さな希望を集め、
「明日」への目的が、今日、示《しめ》される。
それらはなぜか、無条件に感動的だ。
聴き手を決して受け身に留《とど》まらせない。
「日常生活」という物語に、我々は生きる。

終着駅《しゅうちゃくえき》＝始発駅《しはつえき》

年に一度、故郷へ帰る旅。
自宅最寄《もよ》り駅で、プラットホームに立つ。
電車待つ間《ま》、見下ろす手前線路——下《くだ》り。
すぐ向こう隣《どなり》は、東行き上《のぼ》り線路だ。
そこかしこ、空気に夢が漂《ただよ》い、香る。

やがて、顔（正面）を現《あらわ》す西行き電車。
乗った車中の軽いざわめき——。
乗客皆《みな》、私と似た目的を秘めている？
車窓から差し込む西陽《にしび》がくっきり、
床・座席・人々を照らし分ける。
車窓で、絶えず移り変わる沿線の街々、
遠方ゆったり過ぎ行く丘や山並み。
すべて、我が旅の舞台背景を成す。

目的地到着。
荷物片手にプラットホームへ降《お》り立つ。
毎回ここで、ホッとした気分に包まれる。
旅の序章《じょしょう》を味わい尽くせた。
そこが「終点」駅なら、尚更《なおさら》。
乗客全員、電車から降りる。
一人残らず降りなければならない。
ホッとするのは電車側か？
ドア閉《し》まり、消灯された仄《ほの》暗い車中。
そこに、時間は流れているだろうか。
旅先の駅構内《こうない》。
改札口を出る前、振り返ってみる。
あの電車が今後――。
再び動き出す姿を想像できない。
改札口を出た途端《とたん》そこは、
駅外からの真新《まあたら》しい空気に満ちる。
大きな祭りも近い季節。

懐かしい歓迎で身心共、納得させてくれる。

数日泊《と》まった帰り日、夜《よる》。
殆《ほとん》どガラ空《あ》き電車内で佇《たたず》む。
白々と明るい車中よりも、
黒々と更《ふ》けた車窓背景が、目を捉《とら》える。
窓ガラスに映《うつ》る天井照明よりも、
遠いビルの点滅《てんめつ》ネオンサインに惹《ひ》かれる。
ロングシート上、じっと動かず座る私。
しかし街は、まだ活動している。

盛《さか》り場《ば》・工場――闇のどこかで、
繰り返し灯《とも》る電光表示《でんこうひょうじ》広告。
灯り方・消え方の、定まった型。
眺《なが》める内、「次」が分かり出す。
予想通りに灯り、予想通りに消える。
端《はし》から一個ずつ灯り、一個ずつ消え、
次は、一個ずつ灯った後、

すぐ全部消える。そして、また——。
豊かな色彩の下、同じ順序で続く。
何か、言葉が感じられる。
文字内容でなく、色電光《いろ》そのものに。
心内、目で聴《き》き取る声——癒《い》やし。
私個人向けでない。
車中の乗客皆へ、遠くから、それとなく、
いつまで経っても同じ点滅パターン。
しかし、いや、「だからこそ」……
じっと見続けていたい。
気持ちは沈み込んでいる。
故郷でたっぷり過ごせた思い出。
楽しければ楽しい程、
今、重たい。
貰った土産《みやげ》物も荷物を重くする。
それらは、旅の後始末でしかない。
興味が湧《わ》く前に疲れてしまった。

しばらく停車したままの数分間。
発車時間を調整している？
ふと、ドア上のプレート番号が読める。
〈あの電車だったか……〉

数日前、帰省《きせい》時に乗った同じ車両だ。
つい二時間程《ほど》前まで、駅内は、
観光客達でごった返し、賑やかだった筈。
「西行き―下り特急」が、終点に到着。
そのまま「東行き―上り特急」へと変身。
終着駅《しゅうちゃくえき》とは、即ち始発《しはつ》駅に他ならない。
これから、また延々《えんえん》たる線路を辿《たど》り直す。
「行きがけ」のレールにぴったり沿った隣。
沿線風景も「行き」と、全部同じ。只、
見え方が逆順序《じゅんじょ》になる。
そこは、まるで〝黄泉《よみ》の国〟
車窓の向こうを黒々と展開して行く。
普段、同じ時間帯、帰宅途中、

通勤の普通車内があれ程気楽なのに……。
後《あと》、約一時間、
始発の上り特急に、身心共委《ゆだ》ねて今夜、
私は「自宅」という原点に戻るのだ。

来年、再び帰郷の機会は訪れる。
その際、やはり同じ線路を西へ――。
偶然、あの特急車に乗れるだろうか。

糞《ふん》を油《あぶら》に――

もし、「糞《ふん》」から、あの臭《にお》いを取《と》り除《のぞ》けたなら、
単なる生《なま》ゴミ扱《あつか》いできたなら――！
きっと、偏見《へんけん》も改《あらた》まる。

その不快さは「不要物」故《ゆえ》のものでない。
倫理《りんり》的意味合いを兼《か》ね持《も》つ。
我々は、つい先頃《さきごろ》まで、
それらと深く交《まじ》わり、食《た》べ物《もの》として、
消《しょう》化《か》し尽くした。
中から栄養《えいよう》分のみ、たっぷり絞《しぼ》り取った。
消化し切れず出て来た「元食物」
それが糞なのだ。
人に選《えら》ばれた食物の面影《おもかげ》を色濃く残す。
消化前、それらは大切な宝《たから》だった――。

皆さん、糞を食べた事、ありますか？
あなたの糞を、あなたが食べる事は、
絶対有り得ない。しかし、
あなたの、そして犬や猫の糞も、
蝿《はえ》は有り難く嘗《な》める事でしょう。
美しい大型タテハチョウなら糞汁《じゅう》を吸《す》い、
オオセンチコガネも、瑠璃《るり》色に輝きつつ、
獣《じゅう》糞に群《むら》がり、堂々と賞味《しょうみ》する。
そんな中、本当の主役は——
蝿が体中《からだじゅう》にくっつけた細菌《さいきん》達。

彼等にとり、糞以上の御馳走《ごちそう》は無かろう。
食物が人体内で変容《へんよう》した「消化カス」
それ故、細菌達には食べ易《やす》く、
かつ、棲《す》み心地も良い筈。
我々人間と異次元の生気満ち溢れる。
糞とは生物的、あまりに生物的存在。
その〝生気〟を、人間皆、忌《い》み嫌《きら》う。

もし糞に、蝿が見向きもしなかったら、
中で無限数《むげん》の細菌も棲めなかったら、
単に平凡な食材《しょくざい》ゴミなら、
これ程、嫌われず済んだだろう。
何よりもあの臭いさえ漂《ただよ》わなかったら……。

糞の臭いにこそ我々は、怖《おそ》れおののく。
食べた物一つ一つの面影を宿し、
かつ、ひどく変貌《へんぼう》した跡《あと》も。
まだまだ、生きて分解《ぶんかい》中の食材臭だ。
〝お友達〟が交替《こうたい》しただけ。
別段《べつだん》、嗅《か》いで肺《はい》を痛《いた》めたりしない。
しかし心が鳥肌《とりはだ》立つ。
ヤバい、後ろめたい気分さえ催《もよお》す。
体内で、こんな連中《れんちゅう》を養《やしな》っていたか――。
「身《み》に覚《おぼ》え無い」と、開き直れない事情。
奇妙な香《こう》ばしさは犯罪的ですらある。

同じ位、どうしようもない代物《しろもの》が有る。
長く使《つか》い古《ふる》した食用油《しょくようあぶら》。
元はナタネや胡麻《ごま》、オリーブの実《み》だった。
それが今や、植物《しょくぶつ》とは掛《か》け離《はな》れた存在。
焦《こ》げ「衣《ころも》カス」が底に溜《た》まり、
ねっとり黒っぽく、金属容器も変色。
エグ過ぎる臭さに、危険性を秘める。
引火《いんか》時の燃え方なぞ石油と大差《たいさ》無い。
これで天ぷらを揚《あ》げる事は……。
もう、できない。
無理に揚げたら臭《くさ》くて食べられない。
台所へ置く事さえ、うっとうしい。
間違えて、また料理で使いそうだから。
「廃液」ならば溝に流してもいけない。
一体、どう扱《あつか》ったものか。

ここで「嫌われコンビ」を会わせたら？

重く黒ずんだ古い天ぷら油の中へ、
食材に代《か》わって糞を入れてみたら——。
もしかして「汚さ」イメージが、
幾《いく》らか薄《うす》まるかも知れない。

糞と、溜《た》まり水は相性《あいしょう》悪い。
いや、相性良過ぎ——腐《くさ》れ縁《えん》か。
溜まり水に陣取《じんど》った糞、
その悪魔的生命力や如何に？
〝犯罪性〟に御墨付《おすみつ》きを得たも同然《どうぜん》。
影響は人を選ばず、場所を選ばず、
水辺《みずべ》隅々《すみずみ》まで細菌が行き渡る。
移動《いどう》のみならず、大繁殖《はんしょく》する。
——伝染病流行——
いざ起きたら「生きた火災」に等しい。

糞を油に漬《つ》けよう。
犬でも猫でも構わない。
まだ乾《かわ》き切らず、ねっとりした糞を、
汚《よご》れ過ぎた食用油に。
その途端《とたん》、
質が変わり始めるだろう、
少なくとも「あの臭《くさ》さ」から——
双方の毒素が、かなり中和される筈。

水溜まりに入った糞は、危険極《きわ》まりない。
しかし、油漬けの糞は、
あまりに生物的な毒を、もう養えない。
一方、汚れ油も、糞から生気を吸《す》う。
「殺伐《さつばつ》たる廃液《はいえき》」——とは異なって見え出す。
決して、新しい薬となる訳でない。
あくまで「生活異物」
皮膚《ひふ》についたら、準劇薬《げきやく》並みだろう。
只、彼等へ、心の向け方が変わる。

油漬けの糞を、我々自身もはや、
長鋏《ながばさみ》で掴《つか》む事に畏怖《いふ》しない。

さあ、この珍《めずら》しい合成《ごうせい》物体、
どうやって正しく加工するか。
固形燃料？
あるいは砂漠《さばく》に埋《う》めて有機化《ゆうきか》素材《そざい》？
知恵《ちえ》を出せるのは――きっと、あなただ。

牛乳飲んだら

牛乳飲んだら白くなる？
トマト食べたら朱《あか》くなる？
コーヒー飲んだら茶色くなる？
キュウリ食べたら緑になる？
いいえ。
何をどう調理《ちょうり》して食べても、
何を、どう飲んでも、
頬《ほっぺ》はいつも、程良《ほどよ》いバラ色なのです。

白・赤・ピンク、
黄・橙《だいだい》・緑、
茶・紫《むらさき》・黒――。
あらゆる色が、食品を彩《いろど》り、
食器も彩り、

毎日、美味《おい》しく見せてくれる。
もし、どれか一色だけだったら、
暮らす楽しみは半分に減る。
しかし、多彩《たさい》な中に、
足《た》りない一色が――。
それは「青《あお》」

青い果物――、
青い飲物――、
青い焼肉――、
青いシチュー――見た事無い。
「青い背《せ》（皮《かわ》）の魚」は、あくまで譬《たと》え。
刺身《さしみ》にすれば赤やピンクが多い。
それも焼いたらパサパサ白く固《かた》まる。

青い食器なら沢山《たくさん》見かけるのに……。
そう言えば「青いお菓子」も知らないね。
人間の味覚《みかく》は青に無関心《むかんしん》？

単なる偶然《ぐうぜん》かなぁ――。
そこにいる若いあなた、
今、目の前に青い料理が運《はこ》ばれたら、
即、食べてみたくなりますか？
真《ま》っ青《さお》なお刺身・お鮨《すし》はいかが？

「青は毒々《どくどく》しい色」だろうか……。
確《たし》か、硫酸銅《りゅうさんどう》は濃《こ》い青だし、
コバルトブルーも、少々近寄《ちかよ》り難《がた》い。
「青」は、直《じか》に触《ふ》れず、
遠く眺《なが》める方がいいのかも知れない。
きっと、青い食材《しょくざい》は「口から体」でなく、
「目から心」へ伝わる味なのだ。
無限に広い青空を見上げたり、
高い崖《がけ》から、深い入《い》り江《え》を見下《みお》ろすように。

超《ちょう》現代的な食事って、どんなだろう。
家族揃《そろ》った茶《ちゃ》の間《ま》の風景は？

――小さなお膳《ぜん》を囲《かこ》み、親子が座る。
お膳には、電子機器が一台載る。
スイッチ押《お》すと、全員へ向け、
先端《せんたん》数ヶ所から電磁波《でんじは》が発射される。
やがて各人《かくじん》共、脳細胞《のうさいぼう》を刺激《しげき》され、
体内《たいない》に必要なだけ、栄養素《えいようそ》が生成《せいせい》される。
これで数分経てば「御馳走様《ごちそうさま》」――。
電磁波には年齢等で、メニューが様々《さまざま》だ。
アミノ酸・鉄分・カルシウム、
ビタミンC《シー》もアルコールもすべて、
〝体内製造《せいぞう》〟できる。
「電子食卓」が、各家庭へ行き渡《わた》れば――。
しかし、たとえそうなっても、
食事時《どき》、某《なにがし》かの光を求めるだろう。
「美味しい色」を感じたいに違いない。
憶測《おくそく》・仮定《かてい》の論議《ろんぎ》より、
一度、皆で捜《さが》してみようか、

青い食材《しょくざい》を――。
もし、実物《じつぶつ》と出会えたら、そこから、
ようやく話が始まる。
青い身の魚、青いリンゴ――譬《たと》えでなく。
〈真には、実在《じつざい》の可能性低い？〉
しかし勿論《もちろん》、断言《だんげん》できない。
「在《あ》る証拠《しょうこ》」と共に、「無い証拠」も無い。
「私が一番最初に見つける」と、仲間から、
いずれ誰か、意気込《いきご》んでくれるだろう。

ふと「楽園」願望《がんぼう》に絡めたくなる。
この地上どこかで、歴史伝統的に、
青い食物、又は飲物を重宝《ちょうほう》する集落。
なぜかそこは、とても満ち足り、
住民それぞれ、生涯を納得して過ごせる。
希望を、必ずいつか直《じか》に味わえる――。
そんな場所が実在するなら、
やはり、誰しも行ってみたい。

人間は未知なものを肯定《こうてい》し、
「理想に創り替えられる」と、信じて来た。

〈在《あ》るんだよ、いるんだよ、絶対――〉
もしや、今の我々自身なのかも知れない。
宇宙から見れば細菌《さいきん》並みに小さいくせに、
「地球」という或る青い星を、人間は、
各々、少しずつかじって食べ、
すすり飲んで暮らして来た。
今も、極めて食欲旺盛《おうせい》。
「いない」なんて早々《はやばや》と決めつけず。
もう一度、
重い腰《こし》を上げ、懈《だる》い両足引き摺《ず》り、
絶えずつまずきそうになりながら、
長い長い希望捜しの人生旅へ、
A級（永久？）グルメの全国旅へ、
さあ、出かけよう。

立つ鳥・座《すわ》る鳥

〽オリタッター・トリタッター
オリタッター・トリタッター
――「降り立った。鳥立った」――

とんでもないぞ。
鳥は、立ったりしない。なぜって？
簡単《かんたん》さ、「座《すわ》る事」が無いんだから。

鳥が座った姿《すがた》、見た事有りますか？
「座る」とは、両足を休める動作《どうさ》。
我々《われわれ》人間なら、膝《ひざ》を折《お》り曲《ま》げ、
尻《しり》を地面《じめん》や、椅子《いす》に置《お》く。
立つ時、座る時、膝に力を込《こ》める。
鳥には、それが無い。

座らないでいい、永久《えいきゅう》に——。
生まれてから死ぬまで立ちっ放し？

いや、
——立ってもいないのだ。
鳥は「両足が有る」——それだけ。
足は、翼《つばさ》の脇役《わきやく》に過ぎない。
歩《ある》かなくても、走《はし》らなくても、
何しろ飛《と》べるんだから！
その気になれば数キロメートル、
数十キロメートル、数百キロメートル、
いや、数千キロメートルも——。
地上へ降りず大陸横断《たいりくおうだん》し、海を渡《わた》り、
遥《はる》か地球の裏側まで移れる。
恐らく、天然《てんねん》では最高の交通手段《こうつうしゅだん》。
鳥は、立っていない、木の上でも。
「立つ」とは、重力《じゅうりょく》に逆《さか》らう事。

鳥が木の枝に停《と》まる時、
むしろ重力に身を委《ゆだ》ねる。
動作の主役は、やはり「翼」
恐竜《きょうりゅう》の前足――腕《うで》から、翼へと成り代わった。
確かに鳥は、「腕」も持たない。
代わりに物を掴《つか》み、縋《すが》るあの脇役《わきやく》――。
これが「足」と呼べるだろうか。

否《いな》、足と腕を兼《か》ねたオールマイティ二肢《にし》。
獣《けもの》の後《うし》ろ足は、腕の代わりができない。
鳥なら二本のみで、どちらも熟《こな》す。
仮に翼が衰《おとろ》えて飛べなくなっても、
〝足〟さえ働《はたら》けば、凌《しの》いで暮らせる。
それは単なる道具に非《あら》ず。
空中生活・地上生活の境目《さかいめ》を司《つかさど》る役目だ。
そこに皮膚《ひふ》は、殆ど無い。
骨剝《む》き出し状態に近い。
それでいて自由自在、細《こま》やかな動き。

状況に応じ、足と腕に使い分ける。
堂々《どうどう》、体全体を支《ささ》え、守っている。

否、翼が元気な鳥にとって、それは、
あくまで「腕」だろうか。
多くの小鳥・中型鳥が木に止《と》まる。
寝ている間も、しっかり枝を掴んでいる。
彼等にとり「地上」とは？
地面《じめん》でないのかも知れない。
「足」とは、地面を踏《ふ》み締《し》める前提《ぜんてい》が有る。
歩いたり、跳《は》ねたりせねばならない。
鳥は、飛んで移動できる。
時たま公園で、餌《えさ》を捜《さが》し回るハト達。
もしかしたら腕で、地面に一時滞在《たいざい》？
勿論《もちろん》、枝に止まる姿も――。
これなら、もう「腕足《うであし》」と呼びたい所《ところ》。

ところが……見てしまったんだよ、

「座っている鳥」の絵を。
モデルは何と、ハゲコウ！
熱帯広く君臨《くんりん》するギョロ目の大型鳥だ。
ニックネームが「屍肉掃除屋《しにくそうじや》」
これが、あのコウノトリの仲間《なかま》とは——。
彼等も「猛禽類《もうきんるい》」だろうか？
ワシ・タカ的な大物《おおもの》狩《が》りはやらない。
しかし全然《ぜんぜん》、負けていない。
長太い嘴《くちばし》で、獣肉《じゅうにく》をぐいぐいちぎり取る。

暑《あつ》い暑いサバンナ草原。
ハイエナやハゲワシも群《む》れ集《あつ》まる。
その賑《にぎ》やかな事！
哺乳《ほにゅう》類・鳥類から無数の昆虫類まで、
どまん中の獣死体巡《めぐ》り、宴《うたげ》は進む。
肉や血が少し腐りかけた臭《にお》いに酔《よ》い、
皆興奮《こうふん》し、周《まわ》りの様子《ようす》なぞそっちのけ。
とにかく首突《つ》っ込《こ》んで食べずにおれない。

――そこへ少し遅《おく》れ、大空から、
別格《べっかく》――ハゲコウが舞い降りる。
ゆったり、たっぷり食事《しょくじ》を開始《かいし》。
先取《さきど》った群《む》れが獣だろうが猛禽だろうが、
押《お》しのけて、特等席《とくとうせき》に着《つ》く。
結果《けっか》、周りは一歩引きがち。否応《いやおう》無し。
下手《へた》すると己《おのれ》自身が、
高い位置から、デカ過ぎる尖《とが》った嘴《くちばし》で、
背中に一撃食《いちげきく》らいかねない。
たとえ偶然《ぐうぜん》でも、それはかなわん。

「この嘴を見よ」――。
真《ま》っ直《す》ぐ幅広《はばひろ》く、長さ三十センチ以上。
「世界最強のワシ」ですら、
こいつをまともに受けたら危《あぶ》ない。
幸《さいわ》いハゲコウは、さ程攻撃的《こうげきてき》でない。
しかし、
プライド高さは誰《だれ》をも凌《しの》ぐ。

そこに「美《び》」と「醜《しゅう》」が、見事同居《みごとどうきょ》する。
鳥類一般《いっぱん》、もし人《ひと》並みに感じ易《やす》ければ、
ハゲコウの雄姿を出迎《でむか》えただけで、
サルクイワシも降参《こうさん》するだろう。
上半身《じょうはんしん》は過剰《かじょう》なまでに発達《はったつ》。
嘴と同じ位、目立つピンクの肉垂《だ》れ――。
喉元《のどもと》からぶら下がる分厚い袋《ふくろ》を膨《ふく》らませ、
見せびらかせる。
まるで「醜」を誇り、自己顕示《けんじ》するかに。

一方、下半身は……、
はっきり言って、とても優雅《ゆうが》だ。
広い翼の下に、丈夫《じょうぶ》な長い足。
これが彼等を、一層有利《いっそうゆうり》にする。
ワシ・タカもインコも、樹上《じゅじょう》中心の生活。
ところがハゲコウは、
堂々と地上――地面で暮らせる。
水辺《みずべ》に強い事が、また一味《ひとあじ》違う。

池の浅瀬《あさせ》なら平気で入り込んでいる。
鶴《つる》や鷺《さぎ》は言うに及ばず、
フラミンゴ流の「水鳥気取り」か——。
勿論、飛ぶ方はお手のもの。
翼が退化《たいか》したダチョウとも全然《ぜんぜん》異《こと》なる。
ハゲコウこそ、
熱帯自然で「適応《てきおう》芸術」の粋《いき》。
御先祖《ごせんぞ》の特徴《とくちょう》なぞ、お構《かま》い無く、
必要な機能を、必要な時期に、その都度《つど》、
全部身につけ進化したらしい。

そして、彼等容姿《ようし》の傑作《けっさく》が「座り」也《なり》。
私は目を疑《うたが》った。
本当に「座る鳥」がいるとは……。
単なる解説画《かいせつが》。
しかし、座り方が面白かったのだ。
人なら、膝《ひざ》から下は後ろへ折り曲げる。
ところがハゲコウは、何と、

「膝」から下を、前へ折り曲げる。
〈凄《すご》い。何から何までユニークで、例外的《れいがいてき》〉
実は、他の水鳥も、足構造《こうぞう》は同じ。
只、こんなにペッチャリ座った姿は――。
最近、初めて知った。
ハゲコウならではの、目立つ表現《ひょうげん》。
わざわざ人間に見せるためのポーズ？

サバンナの活気《かっき》は、はち切れんばかり。
毎日多く、生命が現れ、そして消える。
「一匹の死」が、何十匹もの「生」を養《やしな》い、
「一匹の生」が、何十匹もの「死」を求める。
餌となり嘗《な》め取られるアリは膨大《ぼうだい》な数。
そして大型哺乳類一匹死ねば、
死体に群《むら》がるハゲ鳥達も、数限り無い。
季節《きせつ》により、それら状況が異なる。
「生き物」は「死に物」――自然《しぜん》の掟《おきて》。
熱帯草原から、屍肉が尽《つ》きる事は無い。

「屍肉扱《あつか》い専門《せんもん》」を名乗《なの》るハゲコウ殿《どの》。
シカやシマウマ、ダチョウのように、
「いつ襲《おそ》われるか」——ピリピリした所《ところ》無《な》く、
猛獣・猛禽類のように、
いつ「襲い時」か——あくせく探《さぐ》ったり、
せっかく狩った大物を横取《よこど》りされないか、
——ことさら警戒《けいかい》しなくて良い。
普段、空高くゆったり飛び、
広々した地上を見渡して回り、
死体を見つけた時だけ、迷《まよ》わず直行《ちょっこう》する。

暇《ひま》な時間は、浅い水辺に浸《つ》かり、
好きなだけ長く、じいっと立っている。
足が疲れたら半分、前へ折り曲げ、
地面に座り込んで休む。
己の体裁《ていさい》にも気遣《きづか》い無用《むよう》。
「容色衰え《ようしょくおとろ》」なんて、どうでもいい。

元々、「醜《みにく》さ」が売り物なのだから――。
それでいて体格《たいかく》良く、位負《くらいま》けしない。
誰よりゴツい立派な嘴が働《はたら》いてくれる。

――名《な》を捨《す》てて、実《じつ》を取る？――

グロテスクな「平和鳥」――コウノトリ、
スラリと優雅な〝屍肉掃除屋〟
外見《がいけん》・生態《せいたい》は相当、矛盾《むじゅん》に満ち
しかし、その矛盾に支《ささ》えられ、
甚《はなは》だ自由を謳歌《おうか》して見える。

どれ、私も来世《らいせい》、願《ねが》い叶《かな》うなら、
一度、ハゲコウ殿に生まれ直してみるか。

蛹《さなぎ》時代《じだい》

昔、若い探検家《たんけんか》が、秋口《あきぐち》、
近郊《きんこう》山地で、帰りに迷《まよ》ってしまった。
頂上《ちょうじょう》低いが森深く、地形《ちけい》も大変複雑《ふくざつ》。
夕刻迫《せま》り、岩肌《いわはだ》が西陽《にしび》に映《は》える。
一度、道外《はず》すと、人里離《ひとざとはな》れるばかり。
散策《さんさく》代わりの独《ひと》り登山。
〈今日《きょう》は、油断《ゆだん》していたなあ……。
仕方無《しかたな》い。あの岩穴《いわあな》で、野宿《のじゅく》しよう〉
幸《さいわ》い、装備《そうび》は万全《ばんぜん》だ。
谷間へ下《お》りて清水《しみず》を汲《く》み、
焚火《たきび》で飯盒《はんごう》を温《あたた》め、お茶も沸《わ》かした。
シュンシュン湯気《ゆげ》立つ。
少し冷《ひ》えかけた外気《がいき》に、丁度《ちょうど》良い。

夕飯支度《したく》整《ととの》った。
洞窟内に寝袋《ねぶくろ》を敷《し》き、入口近くで、ランプも灯《とも》す。
日没《にちぼつ》直前。
西陽が鮮《あざ》やかに輝《かがや》き、洞窟深く差《さ》し込《こ》む。
顔も服も明るく照らされつつ、
慎《つつ》ましい食卓《しょくたく》作り。

沸いたお茶は土瓶《どびん》に移《うつ》し、
程近《ほどちか》い灌木《かんぼく》の枝《えだ》にぶら下げる。
——途端《とたん》、小枝《こえだ》がグンニャリ曲がる。
落ちて割れた土瓶から飛び散る緑茶《りょくちゃ》。
〈熱い！……〉
小枝ではなかったのだ。
長さ九センチ近いお化《ば》け幼虫《ようちゅう》。
「シャクガ」の仲間だろうか？
まさか、こんな木質《もくしつ》になり切るとは——。
探検家は腰《こし》を抜《ぬ》かし、

しばらく座り込んだまま思考《しこう》が停止《ていし》。
――山を侮《あなど》ったら、仕打《しう》ちされる――。
己《おのれ》の自然信仰に疑問《ぎもん》さえ抱く心地だった。
最《もっと》も、擬態《ぎたい》に長《た》けた昆虫を挙《あ》げてみよ。
――それは「蛾《が》」である。
彼等は押《お》し並《な》べて、飛ぶ力が弱い。
「鱗翅目《りんしもく》」の二大種を分類。
「絶えず飛びたがる蝶《ちょう》」、そして、
「飛びたがらない蛾《が》」――。
飛ぶのが楽《たの》し気《げ》な蝶に比《くら》べ、
蛾は面倒《めんどう》そうに、しかし全力で羽ばたく。
風に乗った滑空《かっくう》状態なぞ見かけない。
途中《とちゅう》で遊び無く、目標へ一直線。
動作を止めたら即、落っこちるだろう。
むしろ、じいっと長時間、
保護色《ほごしょく》で、同じ箇所《かしょ》に停《と》まり続ける――。
これこそが蛾の得意技《とくいわざ》。

ならば、手で捕《とら》え易《やす》いか？
いや、そうとも限らぬ。
物に停まる時、蝶の翅《はね》は真《ま》っ直《す》ぐ立ち、
重《かさ》なって一枚に見える。
停まった蝶は、案外《あんがい》つまみ易いのだ。
蛾は大抵《たいてい》、翅を開いて停《と》まる。
胴《どう》を被《おお》うような窄《すぼ》め方も――。
飛ぼうとする時、蝶は、
閉じた翅を下《お》ろして開く。
蛾は、翅を持ち上げなければならない。
蝶の胴体は皆、細く、
蛾の胴体は、むしろ太目《ふとめ》。
中に、栄養分がたっぷり入っているから？
その分、鳥に狙《ねら》われ易い。
翅広い大型の蛾もいる。
しかし、ぎこちない。
ヒラヒラ舞《ま》い落《お》ちるような飛び姿。

大型蝶と比《くら》べ様《よう》が無い。
やはり、本音《ほんね》は、
〈飛びたくない〉のだろう——。
蛾には、蛾の流儀《りゅうぎ》が有る。
昼間《ひるま》飛び回る蝶。一方、
蛾は、主《おも》に夜間《やかん》、活動する。
見た目の魅力《みりょく》も、蝶と似ていない。

「エビガラスズメ」——
停まり方は、まるで最新鋭ジェット機だ。
丸い胴体を斜めに支える〝三角翼〟
「生きた流線形」か。
飛び方が、これまた速《はや》い。
羽ばたき回数は、昆虫界一に違いない。
風に乗らない分、機械《きかい》の凄《すご》みがみなぎる。
晩夏、夕闇濃《ゆうやみこ》く、仄暗《ほのぐら》い小庭《こにわ》内。
無音の激《はげ》しい飛翔《ひしょう》と出会う事が有る。
羽ばたき、浮いたまま口が長く伸びる。

花の蜜《みつ》を「空中給油」――
これればかりは、蝶も真似《まね》できそうにない。

彼等一族《いちぞく》の幼虫は長太く、色・形が特殊《とくしゅ》。
〈おっと、こいつは……？〉
お馴染《なじ》みの小さな標本《ひょうほん》写真だが、
今、見直すと、何だかヤバい感触《かんしょく》も――。
それはエビガラスズメの蛹《さなぎ》。
整った模様《もよう》が、なぜか気味悪い。
幼い頃、実物《じつぶつ》を拾《ひろ》った覚えは有る。
裏庭《うらにわ》で、畑土に転がっていた。
潰《つぶ》さぬよう注意《ちゅうい》して、花壇《かだん》へ移した。
太さは幼児の親指位《くらい》。
濃い赤紫一色。小豆《あずき》すら連想《れんそう》させる。
上半分――目や口部分が象《かたど》られている。
精巧極《せいこうきわ》まる或《あ》るイメージ。
まるで古代彫刻《ちょうこく》そっくり。
そうか――、「縄文土器《じょうもんどき》」？

——いや、ちょっと待《ま》て、
縄文土器を真似た蛹模様とは——。
彼等皆《みな》、人類誕生《たんじょう》以前から同じ筈《はず》。
人類芸術に刺激《しげき》される訳《わけ》がない。
逆《ぎゃく》に人類が、蛹模様を取り入れたり……。
そんな可能性《かのうせい》を想《おも》う。

蛹は、静止《せいし》し、固《かた》まって見える。
しかし縄文土器の耳飾《かざ》りでない。
人為《じんい》的な剝製《はくせい》・ミイラでなく、
病気から生《しょう》じた瘤《こぶ》でもない。
「生きた虫」そのもの。
全《まった》く正常《せいじょう》な、生態《せいたい》の一過程《かてい》なのだ。
しかし、やはり——動かない、
小さな置物《おきもの》と化《か》したかのよう。
食事は一切摂《と》れない。
もし、大雨にでも流されたらおしまい。

そこに、時の流れを見出せない。
蛹は、本当に生き物なんだろうか。
それとも……？
「仮死《かし》状態」と考えるべきか。
内部は血が通《かよ》い、呼吸《こきゅう》も続いている。
それが再び動き出す時、
固まる前とは似ても似つかない姿が出現《しゅつげん》。
蛹自体、殻《から》として脱《ぬ》ぎ捨《す》てられる。
単なる「仮死からの目覚《めざ》め」でない。
成虫《せいちゅう》が誕生する。
あの長く、色鮮やかなイモムシは、
この地上に影も形も無い。
もう、木の葉をバリバリ食《く》い荒《あら》さない。
即ち幼虫は現世《げんせい》内で、本当に死を迎《むか》える。
蛹とは「幼虫の棺桶《かんおけ》」だったのだ！
同時に「成虫を産《う》む卵」となった。
成虫の寿命《じゅみょう》 短《みじか》く、そして美しい。

あらゆる昆虫の内、最も華麗《かれい》だ。
色・形。動作――あまりに多様《たよう》な表現。
蝶も蛾も、非日常《ひにちじょう》生活に明け暮れる。
最後に訪れる晴《は》れ舞台《ぶたい》。
「生」の大爆発――空飛び回る「花」
生命による、生命のための爆発。
蛹は、そこへ向けた〝時限爆弾《じげんばくだん》〟だろう。
「開花《かいか》」――成虫となる夢で満たされ、
ひたすら眠《ねむ》り続ける彼等。
蛹時代こそ、幸《しあわ》せそのものかも知れない。

写真図鑑《ずかん》にて、立派な蛹を見つけ、
只々、気味悪く感じた昨今《さっこん》。
そこから深刻《しんこく》な疑いを催《もよお》し、
我々自身の在《あ》り方《かた》まで疑いかねない。
元々、生命的営みは、奇妙《きみょう》さに満ちる。
至《いた》る所《ところ》、「不可思議《ふかしぎ》の森」が広がる。
見た目は、凡《およ》そ快《こころよ》くない代物《しろもの》も多い。

だから、面白い。
人間生活も実際《じっさい》、銘々《めいめい》の個性が滲《にじ》む。
「審査《しんさ》」されたら、無駄《むだ》ばかり目に付く。
全然構《かま》わない。
本来の姿でさえあれば——。
それが正常である事に気づきたい。
それが健康である事を思い出したい。

偉大なるキリギリス

もう、一ケ月程《ほど》、雨が降《ふ》らない。
空中《くうちゅう》の湿気《しっけ》のみに只々《ただただ》噎《む》せ返《かえ》る。
今日《きょう》も、夏《なつ》の晴《は》れ日《び》。
あらゆる種類《しゅるい》、似た者同士《どうし》のバッタ達。
草原で彼等が、どこからか集まる時、
申し合わせたように競争が始まった。
誰が、どれ位《くらい》遠くまで跳《は》ね飛《と》べるか――。
上位は当然、食草《しょくそう》をたっぷり得る。
食べ尽くせば、もっと遠く移動できる。
自然《しぜん》は勝者に手厚《てあつ》い。

速《はや》く、強く飛べる「トノサマバッタ族」
ズバ抜《ぬ》けた優位《ゆうい》を示《しめ》すトノサマバッタ。
有《あ》り付《つ》ける食草の量が多い。

イネ科植物の葉を、ほぼ独占して来た。
機能的《きのうてき》な逞《たくま》しい後《うし》ろ足、
翅《はね》は広く、軽く、分厚《ぶあつ》い。
折《お》り畳《たた》み翼《つばさ》が、いつでも颯爽《さっそう》と開く。
中型のクルマバッタ・カワラバッタ、
いずれも飛翔力《ひしょうりょく》有る、頼《たの》もしい同類だ。
そして「ショウリョウバッタ」族。
尖《とが》った頭、長い足や翅が特徴。
力強くはないが、そこそこの距離《きょり》を飛ぶ。
翅と足で「キチキチ」音立《おとた》てる。
他、大小無数のイナゴ達も——。
体色は「薄茶《うすちゃ》色系」と「黄緑《きみどり》色系」
代々棲《す》み続けた場所の植性による変異《へんい》か。

そんな中、取り残された一団《いちだん》が有った。
雄《おす》・雌《めす》入り混《ま》じって十数匹。
面長《おもなが》で、目小さい。
あえて名付《なづ》けるなら「頬《ほお》バッタ」

比較的大型《ひかくてき》。胴体もポッテリ膨《ふく》れ、
後ろ足は真っ直ぐ長いが、かなり細い。
触角《しょっかく》も細く、やたら長い。
一方、翅は短く、薄っぺらい。
ピョンピョン跳ねるだけで精一杯。
「空中散歩」なぞ、できっこない。
彼等は、トノサマバッタ達から嫌われる。
一見《いっけん》、似ているから余計に？
「一緒《いっしょ》に扱《あつか》われたくない。
じいっと待っても、食草が来る訳でない。
我々皆、地上を飛び回ってこそ暮らせる。
その能力乏《とぼ》しい連中は、偽物《にせもの》だ」

情《なさ》け容赦《ようしゃ》無い軽蔑《けいべつ》。
実際、指摘《してき》通りかも知れない。
彼等――頬バッタはのんびり屋で、
凡《およ》そ闘志が窺《うかが》えない。
「ノロマ」「ナマケ虫」――

どう呼ばれようと聞き流して来た。
しかし今年、そうは行かない。
極度《きょくど》に暑く、季節の移り変わりも雑《ざつ》だ。
冬が終わると、いきなり夏が来た。
春も、梅雨《つゆ》らしい時期も経験せず。
小川に流れ無くなり、
至《いた》る所《ところ》、干涸《ひから》びた平地となっている。
環境が、あらゆる種類に参加を強いた、
適者生存《てきしゃせいぞん》を占《うらな》う草追い大レース。

ノロマなバッタ達は当然、落ちこぼれる。
類バッタが、その典型。
決してひねくれ者でない。
怠《なま》けた態度を売物《うりもの》にしてもいない。
持って生まれた特質《とくしつ》から、そう見られる。
体重《からだおも》さを支《ささ》える脚力《きゃくりょく》が足りない。
自分なりに各々、十分努力している。
負担《ふたん》感は、参加者内で一番強い位。

その横を軽々と、別種が飛び越えて行く。
「本物」と「偽物」が選別《せんべつ》されてしまう。
努力や情熱は誠《まこと》、意味を成《な》さない。
「実力」——そして「結果」がすべてだ。
〈それは分かっていても……〉
今回「負け」は、屈辱《くつじょく》だけで終わらない。
一族野垂《のた》れ死に——絶滅《ぜつめつ》が待っている。

頻バッタ達は、何日も空腹《くうふく》状態。
跳躍《ちょうやく》どころか、トボトボ歩き出した。
周《まわ》りに生《は》える食草すべて、茎《くき》一本晒《さら》す。
葉肉《はにく》を全然残さない。
トノサマバッタ族は何処《いずこ》か？
想像絶する遠方に違いない。
彼等に追いつける等と、金輪際《こんりんざい》思えない。
「このまま、止《と》まったらおしまい」——
強迫《きょうはく》観念から、結局歩いてしまう。
闘志無く、希望無く、安らぎも無い。

只、死へ向けて、頬バッタ達が行進する。
そこからも逸《はぐ》れる事となった一匹。
後ろ足が、固まったように痺《しび》れ出す。
〈本当に、いよいよ動かなくなるのか〉
怖《こわ》くなり、数回のたうった末《すえ》、
気力で体を持ち上げた途端、
前足がガクッと地面を踏み外し、
土手から転《ころ》がり落ちて行った。

……幻覚《げんかく》だろうか。草原《くさはら》が見える。
連日の炎天下《えんてんか》。
土も石も熱せられ、陽炎《かげろう》を立てる。
風景全体が、絶えず揺らいでいる。
意識も朦朧《もうろう》。現実感薄い。
しかし、――やはり、あそこで、
軟らかい葉が、たっぷり開いている。
たまらず、茂みへ走り寄る。

体は狂喜《きょうき》している。もう、迷わない。
遠慮《えんりょ》する立場でもない。
正面から葉に掴《つかま》り、かぶりつく。

一瞬、歯触《はざわ》りの記憶がよぎる。毒草だ！
幻《まぼろし》なんかでない。真の災《わざわ》いが残っていた。
「トノサマ」達が見向きもしない道理。
ならば――ええいっ、もう構わない。
〈私はこちらを食べて、我慢する〉
実際何か、変化が迫《せま》り来た気配。
これを食べた故、すぐ死ぬかも知れない。
しかし食べなくても、早晩死ぬ。
もし美味《おい》しければ、それだけで満足。
恐らく、あそこで横たわるミミズ死体は、
飢《う》えて乾いた土中からヌルヌル這《は》い出し、
若葉を嘗《な》めて命果てたのだろう――。
彼は、そのミミズにも近寄り、かじる。

途端に大顎《おおあご》が、一方的な力を受ける。
死体でない！　猛然《もうぜん》と暴れ回る。
こちらは振り回されるばかり。
どうすべきか――判断つかない。
吐き戻しかけると、誤《あやま》って奥へ潜《もぐ》り込《こ》む。
悪戦苦闘、十数分間。
ついに獲物を丸呑《まるの》みした。
しばらく、体内でミミズは動き続けた。
空腹の胃が、それをすべて受け入れた時、
もっと向こうに見え出すイモムシの群《む》れ。
高鳴る食欲に、はっきり気づく。
生死問わず、虫なら幾らでもいる。
これらを食べる外無いのだ。
彼は跳ねて近付き、「二匹目」に臨《のぞ》む。

体中、あらゆる感覚が変わりつつある。
変わる事で、死から免《まぬが》れた？
積《つ》もり積もった飢えが止まり――。

〈それは本当だ。間違い無い〉
確信《かくしん》した彼、ゆっくり両翅を立てる。
なぜか、とにかく表現したい。
己が新しくなる姿を。
高く、遠くまで跳ね飛ぶには貧弱《ひんじゃく》な翅。
それを重《かさ》ね合わせ、強く震《ふる》わせてみる。
浮揚《ふよう》力や飛翔力でなくとも、
今、はち切れそうな気持ちそのものから。
〈これが歓《よろこ》びでなくて、何だろうか〉
一心に翅擦《こす》る内、突然鋭い響《ひび》きが――。
〽チョッ・チョッ・チョッ
〽ズィーッ・ズィーッ
晴天《せいてん》の、上の上まで届きそうな音。
金属的な硬さと、土臭《つちくさ》い濁《にご》りが釣《つ》り合《あ》う。
ますます肩の力込め、動かし続ける。
何度鳴らしても…明らかに心地好い。
新しい第一歩のため、初めて奏《かな》でる凱歌《がいか》。
〽チョッ・ズィーッ

〽チョッ・ズィーッ
大きな「たったひとりの変化」が到来《とうらい》。
彼は自力《じりき》で、仲間の行列《ぎょうれつ》まで追いつき、
驚きを以《もっ》て迎えられた。
皆、口々に問い質《ただ》す。
「一体、何が有った？」
「なぜ、そんな奇音を立てたがる？」
翅擦り音は、相変わらず鳴っていた。
無性《むしょう》に催《もよお》し、止《や》められない。
〽チョ・ズィーッ
〽チョッ・チョッ・ズィーッ
〽チョッ・ズゥイーッ
何とか伝え切りたい感慨《かんがい》。
それが高ぶる度《たび》、周りに恐怖さえ帯びる。
「おまえ、あそこで何を食べた。
まさか、あの毒草を……!?」
疑念極《ぎねんきわ》まる中、ポロッと打ち明ける。

「ミミズだ。
ミミズを食べた。それからイモムシも」
取り巻く仲間全員、瀕死《ひんし》の栄養失調《えいようしっちょう》。
己一匹だけ、元気でいられるものだろうか。
「そうじゃない」事を証明したい。
彼は、もう遠慮《えんりょ》せず、叫ぶ。
「皆、今すぐ出発しなさい。
そう、『毒の谷』――
谷底に沢山《たくさん》転《ころ》がるイモムシを食べなさい。
死んでいても生きていても同じ。
それが我らにとり只一つ――『糧《かて》』なのだ」
ますます、あたりを覆《おお》う戸惑《とまど》い。
いや、まだ話の中身が通じない。
このまま見過ごせば、取り返しつかない。
〈早く！　あの谷へ下りるんだ〉
切羽《せっぱ》詰まった思いから、翅擦りが続く。
狂ったような力を注《つ》ぎ込《こ》み――。
〜チョッ・ズゥイーッ

〳〵チョッ・ズゥイーッ
〳〵チョッ・グゥーイーッ！

突然、訳の分からない歓声《かんせい》が湧《わ》き起《お》こる。
一同揃《いちどうそろ》って動き始めたのだ。
ざわざわと、各自《かくじ》の歩調《ほちょう》に従い、
遅い者も、速い者も、
乾《かわ》き切った地面を蹴《け》りながら。
特徴的《とくちょうてき》な粘《ねば》っこい翅音が響く中、
確かに、あの谷が開く土手へ向けて――。
〈助かるぞ。これで皆、助かる……〉

やがて、騒《さわ》ぎもすっかり治まり、
後、大きな安堵《あんど》が残っていた。
そこで佇《たたず》む「最初の一匹」――。
とぼけたウマヅラ頬バッタ＝キリギリス。
彼はきっと、今日《きょう》この体験を忘れない。
「空気」として呼吸し、味わった事だろう。

――初秋。
「昼下《ひるさ》がり」から、もうすぐ夕刻へ――。
晴れ空が、淡《あわ》く澄み渡る。
地上はまだ、草いきれに噎《む》せ返《かえ》る。
ススキの原にて、茎に一匹、
頭を下に「逆《さか》さ停《ど》まり」するキリギリス。
今日も昼間中、鳴き続けた。
暑くなればなる程、盛んに翅を立て、
摩擦《まさつ》音が鋭く冴《さ》える。
あちらこちらから、応《こた》えるような響きも。
〈我々の仲間は今、ここで――〉
その凄《すご》い共鳴《きょうめい》を受け、
ふと、鳴き止む。
揃った音色《ねいろ》――却って静寂を醸《かも》す。
体内の食欲もうごめく。
〈傍《そば》を、茶色《ちゃいろ》い大型イナゴが通り過ぎた〉

〈アマガエルは、広葉にくっついている〉
かなり遠い茂みの様子も――。
微《かす》かな影の動きや臭《にお》いから、獲物を読む。
もう、何も考えず飛びつきたい位。

少しずつ陰《かげ》り始めた日差し。
翅音の合奏《がっそう》は続く。
〽チョッ・ズゥイーッ
〽チョッ・グゥイーッ
〽チョッ・グルゥーイーッ

何かしら本能的ざわめきを催《もよお》す。
いつもと変わらぬ、張り切った営み。
しかし、これ自体、
本当は不思議な話なのかも知れない。

大昔、先祖《せんぞ》が暮らした遠い時代、
旱魃《かんばつ》の夏、同種ばかり飢えて取り残され、

たまたま一匹が、「毒の谷」へ舞《ま》い下《お》り、
命のドラマを演《えん》じた、と言う。
——皆と一斉《いっせい》に擦《こす》り鳴きつつ、
或るキリギリスは、そんな物語を想う。
誰から伝え聞いたか、覚え無い。
真実か否か？　はたまた想像かも。

只、今、暑い暑い夕刻に唄《うた》いつつ、
体から、心から、信じ切る、
〈ここで、実際に起きた出来事《できごと》だった〉
と——。

居所《いどころ》は空中

「アキアカネが、夜空に舞《ま》う」
と聞いたら、誰も、最初は訝《いぶか》るだろう。
しかし実際、あそこ――、
雑木林の裏《うら》の溜池《ためいけ》で、今夜も、
月明かりに照らされた様々《さまざま》なトンボ達が、
悠々《ゆうゆう》と飛び回っているらしいよ。
岸辺《きしべ》には、餌の蚊《か》も沢山《たくさん》出て来る。
仲間全種《ぜんしゅ》が一堂会《かい》した宴《うたげ》。
池面《いけも》上、端《はし》から端まで舞台《ぶたい》とし、
休む事を知らず飛び続けるに違いない。

あらゆる形や、大きさ。
それぞれ、種類毎《ごと》で高さ等を保ち、
衝突《しょうとつ》せず飛び分けられる。

「アカネ族」が特に目立《めだ》つ訳でない。
ギンヤンマ・シオカラトンボ、
コシアキトンボ・チョウトンボ　etc.
数の差こそあれ、各々が個性派《こせいは》の主役《しゅやく》。
池を囲む土手へ上がり、眺めてみよう。
昼間同様の活気が充満《じゅうまん》しているだろう。

トンボは水の中の卵から生まれ、
水の中で幼虫（ヤゴ）時代を過ごし、
生涯《しょうがい》終わりに近い頃、葦茎《あしくき》から羽化《うか》し、
間も無く飛び立つ。
チョウもセミも「陸《りく》で生まれ、陸で育つ」
飛行中、結構せわしない。
盛んに羽《は》ばたき、力で高さを保つ。
もしセミが羽ばたきを止めたら、落ちる。
チョウも疲れたら草葉に停《と》まり、
翅《はね》休めする。
カナブン・タマムシ・バッタ類――。

カマキリやゴキブリさえ翅を持ち、
必要な時、必要なだけ飛べる。
彼等は地面から地面へ、
そして木から木へ移るために飛ぶ。

しかし、トンボは……。
陸上に真の目的地が無い？
時たま枝先《えださき》にいても、どこかソワソワ。
長続きせず、また飛びたがる。
「空」へ戻りたがる。
体格の割《わり》に、随分《ずいぶん》細短い足――。
飛んでいる姿の方が落ち着き、日常的だ。
私はトンボの「羽ばたき」が分からない。
確かに常時《じょうじ》、細《こま》かく震《ふる》わせている。
それ位《くらい》で、よくあの長い体を……？
飛ぶスピードも凄《すご》い。真っ直ぐ速い。
知る限りで最も速く飛べる昆虫。
語源《ごげん》――インド南方説も云々《うんぬん》されるが――、

きっと「飛《と》ぶ棒《ぼう》」が訛《なま》ったに違《ちが》いない。
飛行機は「人工機械化されたトンボ」か。
あの格好《かっこう》が、やはり理想スタイルなのだ。

トンボは空中《くうちゅう》生物。
彼等皆、地に足がついていない。
感覚は「空中を泳《およ》いでいる」?
空中で餌を捕《つか》まえて食べ、
産卵行動も、空中から行える。
魚達が、水中を浮いて泳ぐように、
トンボの身も「空中ウキブクロ」が、
きっと、どこかに備《そな》わっている……!
〈空を飛んでみたい〉等と、
一度思った事すら無いだろう。
空中が「当《あ》たり前《まえ》」の居所《いどころ》だから。
逆《ぎゃく》に〈地上を歩き回ってみたい〉
と、少し憧《あこが》れるだろうか。いや、
そうではなく――、

〈もっと高く飛びたい〉が、本音かも。
只、大気圏外《たいきけん》へ脱け出たり、
月や火星へ降《お》り立つ夢でもあるまい。
彼等は既《すで》に、或《あ》る種「無重力」で暮らす。
この地上をも「水中」同然にみなし、
「さらなる空中」へ羽化したい？
ならば、あの超スマート体型すら、
実は仮《かり》の身かも知れない。

トンボだけは、なぜか、
「虫ケラ」扱《あつか》いできない。
強かろうと、弱かろうと、
人間より偉《えら》く思えてしまう時が有る。
彼等が、魂《たましい》の姿形《すがたかたち》まで晒《さら》して見えるのだ。
さらなる空中――とは？
我々も常々《つねづね》憧れる「天界《てんかい》」そのものか？
「上へ、上へ」と、いつまでも……。
実は、永遠に極《きわ》め尽くせない。

しかし、昇《のぼ》り続けて行くだろう。
たとえ再び降《お》りて来なくても、
――彼等なら、決して不自然じゃない。

あの雑木林裏《うら》、
毎夜集《つど》うらしいトンボ達。
池面上を絶えず、ゆったり飛び交《か》い、
もう、どこにも、何物にも停まらない。
それは、きっと誰かの心内に映った風景。
次元異なる新たな高みへ、トンボ達は、
大勢《おおぜい》で羽化《うか》し、旅立つ。
幻想が現実化した境目《さかいめ》に居合わせ、
私も、彼等を見送る役となる？
朝が来るまでの限られた時間内、
毎年一時期《じき》、必ず有る機会として――。

犬は、犬らしくせよ

忠実《ちゅうじつ》なタム――「犬らしい犬」の鑑《かがみ》。
毎日、飼《か》い主《ぬし》が残した夕飯を大喜《よろこ》びで食べ、
もし、怪しい人物が玄関《げんかん》へ影差《かげさ》せば、
声が嗄《か》れるまで繰《く》り返《かえ》し吠《ほ》え立《た》て、
飼い主の家族や親友が訪《おとず》れたら、
真っ先に走り出て、お迎《むか》えする。
〈飼い主有っての犬、犬有っての飼い主〉――

主《あるじ》は長年、ひどい人間不信《ふしん》に陥《おちい》り、
妻子から離れ、アパート住まいして来た。
性格上、世間《せけん》様と合わせられない。
己への敬意が絶えず示されなければ、
即、不快・絶望感でいっぱいとなる。
――家族とは皆、主を立てる脇役達――。

一方的な主従《しゅじゅう》関係を重んじ、縋《すが》り切る態度。
家庭運営は疎《うと》ましくなり、公然と飛び出した。
新しいセカンドハウスが、真の「城《しろ》」だ。
いつも指図《さしず》通り動く愛犬「タム」がいた。
〈犬は、仕《つか》え方次第《しだい》で、家族扱いされる。
自身よりも飼い主の心の理解《りかい》に努《つと》め、
飼い主の手足《てあし》に成り代われるなら――〉

主もタムの忠誠《ちゅうせい》ぶりを高く買い、
妻子を軽蔑《けいべつ》さえしていた。
彼にとり対外的誇《ほこ》りは、誰よりタム。
己を深く崇《あが》めてくれる唯一《ゆいいつ》――信者的存在。
来客が羨《うらや》む心理を読み取れるのだった。

やがて、献身《けんしん》的なタムに老いが巡《めぐ》り来る。
言《い》い付《つ》けへの反応も心なしか鈍くなった。
主は愛犬に対し、初めて不安を抱《いだ》く。
「最後の砦《とりで》」であり、絶対手放したくない。

しかし疑念《ぎねん》は残ったまま。
いや却《かえ》って、段々本物と化すような……。
タムを前に連日、お説教《せっきょう》の場が持たれた。
――犬は、飼い主に認められ初めて輝く。
飼い主の輝きこそが、この上無い名誉《めいよ》。
犬は犬らしく生きよ！
どれだけ深く愛され、大切にされても、
己が人間様《さま》でない事をうっかり忘れるな。
おまえは、私抜きで一日とて暮らせない。
まともに扱われたいなら、只々従《したが》え。
卑《いや》しさを補《おぎな》う努《つと》めに、休息なぞ無い――。

実際問題、タムの働き具合は従来《じゅうらい》通り。
今や「唯一の家族」となって走り回る。
しかし主には、どうも気に入らない。
己を立派に思えだしたら、おしまいだ。
慢心《まんしん》以外の何物でもない。
卑しき者が抱く誇りは醜《みにく》く、危《あぶ》ない。

なぜなら、真理と離れた感覚だから。
「愛らしい忠犬」位なら、どこにでもいる。
飼い主を陰《かげ》から引き立てて護《まも》り、
それすら、目立たぬよう工夫《くふう》せねば……。
飼い主の御機嫌《ごきげん》に合わせた仕種《しぐさ》が基本だ。

〈あいつだけは、思い通り動かせる〉――
根づいた意識の狂いを、主は怖《おそ》れる。
生身《なまみ》の動物なら当然、体力限界《げんかい》も覗《のぞ》く。
主の態度は、知らず知らず変わって来た。
飼い始め頃、とにかく世話熱心だった。
愛犬の健康状態を我が事として案じ、
「飼育環境《しいく》」に、強くこだわっていた。
今、主は相手に、親密《しんみつ》関係のみらず、
精一杯の恩返しを求め出している。
それが、従《したが》う側《がわ》からすれば、只々重い。
ついに主が、タムを捨てる決意《けつい》に至《いた》る。

脳裡で、次の飼い犬イメージが固まった？
或《あ》る昼下《ひるさ》がり、応接間《おうせつま》内、タムを前に、
懇々《こんこん》と語りかける。
——これまで黙《だま》って、我慢《がまん》し続けた、
おまえが最低の飼い犬である事に。
もうすぐ良くなる、きっと良くなる。
せめて他所様《よそさま》並みに見られ出す、と——。
引き取った以上、良心と面子《メンツ》にかけて、
おまえを信じ、養《やしな》ってやった。
そして今日、見込み違いが判明《はんめい》した。
おまえはいつも、
「家族の席《せき》」を得たいため、私に擦《す》り寄り、
却って、家族の絆《きずな》が捩《ね》じ曲《ま》げられた。
「与える事」の負担も溜まるばかり。
もう、本音《ほんね》をごまかせない。
私の気持ちは、はっきり「迷惑《めいわく》」だ。
おまえのおかげで、家庭不和《ふわ》に変わった。
私は、本当の家族を「二の次」に疎《うと》んじ、

義務や役割《やくわり》も、十分果たせなかった。
偽物《にせもの》〝家族〟に気遣《きづか》うのだから、致し方ない。
どう転んでも、犬は人間に及ばない。
おまえが身分をわきまえず尽《つ》くした所為だ。
今すぐ――とは言わない。
今日《きょう》・明日《あした》中に、ここから出て行け。
もし居座《いすわ》ったら、処分場へ送る。
これ以上、人様《ひとさま》の家を汚《けが》すな――。

タムは愕然《がくぜん》となって床へ項垂《うなだ》れかけ、
しかし程無《ほどな》く向き直り、
主相手に真っ向から吠え立てた。
過去一度も無い荒い唸《うな》りも交《ま》じる。
最後一片の人間性を求め、抗議。
止《と》まり知らぬ大声連発が、
不審者《ふしんしゃ》訪問時のそれへと高ぶり出した。
「ここぞ」とばかり、主は上着から、
拳銃《けんじゅう》取り出し、安全装置を外す。

タムにしっかり狙《ねら》い付け、引き金を――。
一瞬、高圧感電したかに反応し、
即、飛びかかるタム。
主の手首に食い付き、噛み切ろうとする。
右肘《ひじ》が曲がる直前、丁度、指圧《しあつ》により、
銃口が火を噴いた。鋭い爆発音。
主の頭部は血しぶき上げ、砕《くだ》け散る。

犬は〝慎《つつ》ましき豪邸〟を後にした。
今、その心内に、
御主人様の面影《おもかげ》は、一切浮かばない。
――主有っての飼い犬。
されど、飼い犬有っての主――。
主に、存在価値から否定された飼い犬、
己自身の、過去はすべて拭《ぬぐ》い去る。
主との良き思い出まで、
もはや忌《い》まわしき夢と化してしまった。

彼が戻るべき「故郷」は、有るだろうか。
野性復活《ふっかつ》し、鼠《ねずみ》やハトを漁《あさ》り出すのか。
このまま老いて行くだけの結末か……。
誰も知らない。自力《じりき》では一切《いっさい》見通せない。

只、確かな意識が脈《みゃく》打っている。
今後、新《あら》たな飼い主を捜し求めない。
どんなに永くても、短くても、
どう転んでも、あくまで犬一匹として、
この世の余生《よせい》を過ごす定《さだ》め、と――。

なぜ、第三楽章を？

《問う人》
「新曲発表、おめでとうございます。
昨夜、サロンの初演を拝聴《はいちょう》いたしました。
『豊かな光の滝の奔流《ほんりゅう》』と言おうか、
実に軽やかで、かつメカニック。
透明感に皆、魅了されました」

《答える人》
「そうか、もう、あそこで弾《ひ》いてくれたか。
大公殿下《でんか》も、お気に召した様子だったよ。
ここ数作、凄《すご》く調子良く書けてる。
なぜかセンスも都会っぽく洗練《せんれん》され……。
今回で、まあ一《ひと》区切りついたな。
幾らか報奨《ほうしょう》金が貰《もら》えるか、と――、

私は、ちょっぴり期待しているんだがね」
《問う人》
「一つ、どうしてもお伺《うかが》いしたいのですが、最新作――あれで本当に、完成ですか？」
《答える人》
「勿論《もちろん》」
《問う人》
「私には、そう思えないのです。だって第三楽章が欠《か》けている訳でしょう。なぜ書かれなかったのか？　と」
《答える人》
（思わず気色《けしき》ばみ、しかし幾分皮肉っぽく）
「――時間が無かったからだ」

《問う人》
「それは、おかしい。
これまで、音符《おんぷ》一つ一つ疎《おろそ》かにせず、
曲全体で以《もっ》て、我々の魂《たましい》も揺《ゆ》さぶられた。
あなたは何か、結論を封印《ふういん》されたのでは？」

《答える人》
「百歩譲《ゆず》り『三楽章制』でやったなら、
変奏曲の構造を変える必要が出て来る。
――あれで正真正銘《しょうしんしょうめい》、完成だ。
最初から、フィナーレは決まっていた。
あそこへつなぐ別な展開も試《ため》したが――。
その点、確かに時間不足気味《ぎみ》だった。
しかし省《はぶ》いた結果、すっきりしてるよ」

《問う人》
「仮定の話は要《い》りません。
現実問題として、

第三楽章が、どうなってしまったのか。
もし、本当に最初から無いのであれば、
『公然たる未完成曲《みかんせい》』という事に?……」

《答える人》
(明らかに不機嫌を表し)
「君、それでもまともな評論家か。
耳ばかり肥《こ》えて、心を、全然理解しない。
私は曲《きょく》作りのため、形式《けいしき》を利用する。
形式を成り立たせるための曲ではない。
たった今、ちゃんと答えただろう!
省いたのは、真ん中――第二楽章だったんだ」

〝第四の男〟

（近世初《きんせいはじ》め、或《あ》る民族的激動《げきどう》の後《あと》）
《Ｍ城主《じょうしゅ》》
「我等《われら》、ここに『第三の都《みやこ》』を宣言《せんげん》する。
そして『第四』は、無い」――

――⁉
そんな馬鹿《ばか》話、信じられるものか。
本当に「第三」が認められるなら、
いずれ、後を継《つ》ぐ「第四」、そして、
「第五」候補が現《あらわ》れても、おかしくない。
一度、耳を疑《うたが》ってみよう。

ようく振《ふ》り返《かえ》って貰《もら》いたい。
そもそもＭ城治《おさ》める主《あるじ》は、

まだ領民《りょうみん》の誰一人、事を理解できぬ内、
わざわざ「第四の都」にまで言及《げんきゅう》し、
かつ、頭から否定した。
可能性の道さえ閉《と》ざした。
一体、どういう動機《どうき》・根拠で？

私は、「第三」自体が怪《あや》しくてならない。

「都を手に入れる」事は古来《こらい》、無上《むじょう》の栄光。
群雄割拠《ぐんゆうかっきょ》の領主達それぞれ、鎬《しのぎ》を削《けず》る。
やがて抜きん出た勢力が〝権利〟を得る。
「都」となった町は、他所《よそ》と格が違う。
外国からも真《ま》っ先に注目される。
人が、物が、そして金《かね》が集まり、
文化の花を咲かせる。
都生活は常々《つねづね》「世間」を代表し、
あらゆる地方で、お手本《てほん》に見られる。
各領主にとり、喉《のど》から手が出そうな条件。

選ばれた実力者のみが、治《おさ》めて当然だろう。
――だが、
「力《ちから》」だけだと、社会を動かせない。
鍵《かぎ》は歴史・地理上の「必然性《ひつぜんせい》」也《なり》。

必然性伴《ともな》わず、強引《ごういん》に事が進んだ場合、
世の常識＝基準まで狂い出す。
誰も鵜呑《うの》みで、嘘が信じられ、
後々《のちのち》伝えられ、あげく「神話」となる。
「事実は小説より奇なり」――
事実は確かに、そう巧《うま》く運《はこ》んでいない。
「現実は甘くない」と、よく聞かされる。
そのいずれもが結果論なのだ。
「現実（事実）は、甘くあってはならない」
「厳しくなければ、おかしい」――?
怖いのが道徳的な固定化。
如何に立派な道徳も、将来を保証できない。
「現実」が甘いか、辛《から》いか――。

実際起きなければ、分からない話である。
事実と「真実」の違いも、見過ごし易《やす》い。
事実から「奇なる」面ばかり選《え》りすぐり、
真実との間に壁を作ってしまった……。
歴史が、こんな流れになってはいないか？

M城主は、統治《とうち》に自信ゼロだった。
それが真実。
しかし、彼は富《とみ》を前にし、焦《あせ》っていた。
あえて自領を「第三の都」と名乗り上げ、
弱小《じゃくしょう》なる周辺諸侯《しょこう》も、信じ込まされた。
これは、既成《きせい》事実である。
時代は丁度、節目《ふしめ》に重《かさ》なる。
長い長い中世の幕引《まくひ》き――。
「第二の都」＝C城陥落《かんらく》がそれを象徴《しょうちょう》した。
ところが――、
敵方《てきかた》の異民族は結局、C城建物を壊《こわ》さず、
「I城」と名付け、再利用し出した。

軍人・商人等、I城の下《もと》で再編成される。
前城主は路頭《ろとう》へ追い払われ、
都を治める誇《ほこ》り諸共《もろとも》、奪《うば》い取られた。
『C城』なんて、有って無きに等しい。
ここは元々、『I城』のために造られた」
領土も民心も失《うしな》い、再起不能の元C城主。
こうした機会にM城主が便乗《びんじょう》した。
「『第二』復活」を掲《かか》げた天下取りは無理。
しかし「第三」なら――。
何とか旗上《はたあ》げできるかも知れない。
地理的にも別世界――ごまかしが利《き》く、と。
そこでの、正当なる継承《けいしょう》は無かった。
「第二」＝元C城主は、M城主を知らない。
そもそも「第三」なぞ思いつかない。
C城のためのみに生き、滅びてしまった道筋《みちすじ》。
M城主は疚《やま》しさを覆《おお》い隠《かく》すため、
「そして『第四』は、無い」
と、予防線まで張《は》り巡《めぐ》らせ、一先《ひとま》ず成功した。

既成事実として歴史上、認められた。
しかし「偽第三《にせ》」の真実は覆《くつがえ》らない。

原点まで遡《さかのぼ》ってみよう。
「第一」はR城。大昔《おおむかし》、とても栄えた。
「永遠《えいえん》の都」と称《たた》えられ、
近隣・遠方あらゆる街《まち》から道が敷《し》かれた。
まるで、全地上の中心部であるかに――。
政治・経済・文化――いずれも最高レベル。
「絹路《きぬじ》」隊商《たいしょう》を通じ、大交易《こうえき》していた。
領民から城主が選ばれた時期も有る。
巨大競技場や劇場が毎日、町中沸《わ》かせた。
何百年――いや、千年以上続いたが、
「世界首都」も段々、下《くだ》り坂を迎《むか》える。
北方部族の襲来《しゅうらい》が頻発《ひんぱつ》、
時代と共に被害拡大しつつあった。
城主も悩み、考える。
〈このままでは、いつか滅《ほろ》ぼされる。

――そうだ、都を避難《ひなん》させよう！〉
R城主は、ずっと東の地へ赴《おもむ》き、
海辺《うみべ》の、交通便利な町「C」へ移り住む。

新たな城（C城）を建てて国際政治を開き、
「絹路」交易は、より盛んになった。
施設建物も林立《りんりつ》し、領民は潤《うるお》った。
予期した通り、やがて西方で、R城陥落、
しかし「第二の都」は、それからまた千年間永《なが》らえた。
元R城主が自ら定めた遷都。
そこに、切実な必然性を感じ取れる。
問題は帝政末期《まっき》、敵異民族に乗っ取られ、
全然別物《べつもの》と変わり、今尚《いまなお》栄えている点か。
I城下にて、誰も「永遠の都」を語り得ない。

近代に入り、驚くべき展開を迎える。
〝西の帝王〟――P城主が台頭《たいとう》して来た。
その勢い、止《とど》まりを知らず、

ついに、はるばるM領内まで遠征《えんせい》した。
M城主は戦々恐々《せんせんきょうきょう》……。
侵略者《しんりゃくしゃ》は「第二」——R城主の末裔《まつえい》でもあった。
突如《とつじょ》、登場した「第一の男」
己の出身や家系に、さ程拘《こだわ》らない性分。
何か本能で、引き寄せられたか。
鉄壁防御《てっぺきぼうぎょ》を崩《くず》し、どんどん攻《せ》め上《のぼ》る。
「第三の都」故、今回、M市が狙《ねら》われた？

〈もし、P城主に乗っ取られたら、
「偽第三」が、本物に改《あらた》まる。
相手は、正統《せいとう》な流れを汲《く》む人物。
……我等の伝統は根こそぎ、権威《けんい》を失う。
そんな事、させるものか！〉
M城主は計略家《けいりゃくか》だった。
侵略者P城主軍を、城壁内へ引き入れ、
ありとあらゆる建物に放火した。
「地獄の業火《ごうか》」——本能と、作意がぶつかる。

P城主に大変不運なプレゼント。
四方八方、灼熱《しゃくねつ》に迎《むか》えられ、為《な》す術《すべ》無し。
M城と共に、権力者達の野望も消滅《しょうめつ》した。

我々は決して、歴史の傍観者《ぼうかんしゃ》でない。
立派な担《にな》い手《て》なのだった。
こうやって暮らす現代も――、
いずれ「中世」「古代」等と呼ばれ出す。
遠くへ向けてゆっくり、時代は巡り行く。
この地上に文明有る限り、
栄えの拠り所は、やはり「世界首都」
数百年続いた闇《やみ》から、今、甦《よみがえ》りつつある？
「第二」の古い面影《おもかげ》を見本に、もう一度、
次なる「第三」像が導《みちび》き出される筈。
もはや、寒い内陸大平原は選《えら》ばれない。
「海の絹路」を東へ、東へ――。
東終点に位置する港町。

海沿い細長く、山地が迫《せま》り、
「狭《せま》さ」も、印象的な土地柄。
地名に「神」の文字を冠《かん》す。
「ゴッドシティー」——国際貿易港。
もし、そこで神様の扉が開かれた時、
人類は、初めて、
本心から「第三の都」を拝《おが》めるだろう。

まつぼっくりの午前《あさ》

松《まつ》の樹《き》は、青空に融《と》け込み、
空色を、より深く見せる。
「青」が、黒く思える程。

松とは、何と因果《いんが》な樹か。
その枝型は、他樹と比べ逞《たくま》しい。
縦横無尽《じゅうおうむじん》に張り、踊っているかのよう。
松が沢山《たくさん》茂る丘を前にしてみよう。
いつしか心は、丘よりも向こうへ、
もっともっと奥を目指している。
松は、午後の陽《ひ》を吸い取り、
青空の栄養《えいよう》にする。

桜《さくら》や、櫟《くぬぎ》や、楠《くすのき》も——皆、明るい。

鮮《あざ》やかな黄緑、そして紅葉に照り映える。
しかし松は、空全体を清らかにし、
その中で、己の存在をしっかり示し、
私達の想《おも》いにも映り切る。
色・姿形のみならず、
「樹の影」を強く印象づける。

昔、小学校から帰りがけ、
ドングリを見つけるや即、拾《ひろ》い集めたが、
まつぼっくりは拾おうとせず、
ほんの一瞬、目をやるだけ――。
それでも記憶には、しっかり残った。
落ちたまつぼっくりと出会う時、
「今、森の中にいる」と、実感できた。
森の領域《りょういき》にいる自分、
それは、町、そして家の中の自分でない。

地面のまつぼっくりは、黒く乾き、

落《お》ち葉《ば》いっぱいの上で反《そ》り返っていた。
むしろ無愛想《ぶあいそう》。
ささくれ立った出《い》で立《た》ち。
ドングリのような「中身」が有るのか?
一見、そうは思えない。
カサカサと軽く、まさしく「松カサ」
家へ持ち帰っても玩具《おもちゃ》にならない。
床《とこ》の間《ま》に置けば、少しは風流だったろう。

「落ちる前」のを樹冠で見つける。
各枝《えだ》に残った立派なお飾り。
只々見上げ、黒影の隙間《すきま》に青空を味わう。
やがて段々、青空はほんのり淡く和《なご》む。
どこかでモズの声が、近く遠く響き、
樹と樹の間を木霊《こだま》する。
森の一日も終わり近い。
松影に夕刻を感じ、帰宅を考える。

「松カサだけがまつぼっくり」――じゃない。
四月半《なか》ば、まだ少し寒さも残る頃、
松林へ足を踏み入れてごらん。
針葉の茂《しげ》みから若い球果《きゅうか》が覗《のぞ》くだろう。
彼等は数個ずつ結束《けっそく》し、枝先に構《かま》える。
軸《じく》がしっかり、樹の組織とつながり、
薄緑色にくすんだ丈夫《じょうぶ》な表皮。
カサカサ乾いていない。
重くギュッと詰《つ》まった中身が瑞々しい。
それはドングリのデンプン質と異なる。
もし若実を掴《つか》んでポッキリ折れば、
すぐ、あたり中、きつく香るだろう。
液体質が表面へ滲《にじ》み出す。
それは「脂《あぶら》」なのだ。
松ならではの、
森で暮らし続けるため、
欠かせない〝火種《ひだね》〟の燃料。

午前十時頃からの晴天《せいてん》。
松の幹・枝をも明るく照らす。
ジワジワ照りつけ、熱を増《ま》す光。
昼間へ向け、陽は高くなり行く。
針葉の茂みの若実から、盛んに湯気《ゆげ》立つ。
それは水分でなく、油脂成分。
あの、きつい香りの素《もと》。
樹冠を包む程、充満《じゅうまん》した時、
「ボッ！」と着火《ちゃっか》する。
枝葉も、幹も、透明な炎《ほのお》に焼かれ、
かげろう状に揺らいで見える。
〝命の透明炎〟は、陽差《ひざ》しと同じ熱さ。
春よりも、「初夏」にふさわしい暑さ。
真昼中、燃え盛り、
夏の毎日、針葉樹を濃い緑色に保ち、
香り強い透明な煙《けむり》を濛々《もうもう》と上げ続ける。

そして秋、
反《そ》り返った黒い炭《すみ》となり、
青空の奥に、影を融《と》け込ませる。

その〝燃えカス〟——松カサ一枚一枚に、
概《おおむ》ね半月近《はんつきちか》く前《まえ》までは、
ドングリよりも甘い種実《たねみ》が隠されていた。

cresc.
ff
legato
Ped.
Ped.
Ped.
f
ff
dim.
pp
Ped.
Ped.
8
p
f
cresc.
fz
Ped.
Ped.
Ped.

狼煙《のろし》

Maestoso

（本作第一部のテーマ）

著者プロフィール

安本 達弥（やすもと たつや）

昭和30年２月10月生まれ。
兵庫県星稜高校卒業後、神戸市勤務。
昭和63年「日本全国文学大系」第三巻（近代文藝社）に短編を収録。
神戸市在住。

著書『公園の出口』、『裏庭』、『窓辺』、『泉』、『駅』、『純粋韻律』、『「裏」から「表」へ――愛（恵み・救い）――』（以上、近代文藝社）
『人形物語――愛・恵み・救い――』『曇りの都』（文芸社）

本書は2012年に近代文藝社より発行された同名作品に加筆、修正したものです。

当世《とうせい》具《ぐ》足《そく》症候群《しょうこうぐん》

2020年11月15日　初版第１刷発行

著　者　安本 達弥
発行者　瓜谷 綱延
発行所　株式会社文芸社
〒160-0022 東京都新宿区新宿１－10－１
電話 03-5369-3060（代表）
03-5369-2299（販売）

印刷所　株式会社暁印刷

ISBN978-4-286-22023-9